Isabella Lovegood & Tamara Leonhard

Keine Cupcakes für Bad Boys

Zwei Kurzromane

D1640274

Keine Cupcakes für Bad Boys

Zwei Kurzromane von

Isabella Lovegood

und

Tamara Leonhard

Covergestaltung:
Ingrid Fuchs

Cover-Fotos:
Cupcakes: © Family Business
Herzchen: © Artishokcs
Cupcake-Grafik: © karrina
alle: stock.adobe.com
Holzwand: © kantver/canstockphoto.de

ISBN: 9781698482231

Alle Personen und Handlungen in den beiden
Romanen sind frei erfunden.
Eventuelle Ähnlichkeiten sind rein zufällig
und ungewollt.

Inhalt

Über die Autorinnen:

Isabella Lovegood ist das Pseudonym einer österreichischen Autorin, die seit Juli 2016 mit ihrem Mann auf Mallorca lebt.

Ihr Spezialgebiet sind sinnlich-erotische Romane. Sie handeln von Liebe, Lust und Zärtlichkeit, und sehr oft von Menschen mit Lebenserfahrung, die sich trotz allem die Hoffnung bewahrt haben oder wieder für sich entdecken.

Ihre Wohlfühlromane sind geprägt von prickelnder Erotik und der tiefen Sehnsucht nach harmonischen, liebevollen Beziehungen.

© privat

Tamara Leonhard, geboren 1982 in der Schweiz, wuchs zunächst nahe dem idyllischen Thunersee auf, bevor sie im Alter von dreizehn Jahren mit ihren Eltern nach Deutschland zog.

An der Universität des Saarlandes studierte sie Germanistik, Anglistik und Phonetik und arbeitet seither im Bereich Marketing.

Sich Geschichten auszudenken war schon immer ein bedeutender Teil ihres Lebens, spätestens aber, seit sie mit elf Jahren eine alte Schreibmaschine vor dem Sperrmüll rettete.

Ihre Romane und Kurzgeschichten stehen unter dem Motto »Liebe kennt kein Aber« und erzählen von Männern und Frauen, die sich mit ihren Stärken und Schwächen auf Augenhöhe begegnen und kleine wie große Hindernisse überwinden, um zu lieben und geliebt zu werden.

(K)ein Bad Boy für Carolin

von Isabella Lovegood

Über den Roman:

»Was finden nur alle so toll an Bad Boys?«, fragt sich Carolin, nachdem sie auf einer Party einem Mann dieser Sorte begegnet. Er hält sich für absolut unwiderstehlich, doch da ist er bei ihr an der falschen Adresse.

Auch Oliver beschäftigt diese Frage, als ihm sein eigener Bruder, Bad Boy durch und durch, die Freundin ausspannt. Nun ist Schluss mit lieb und nett! Muskeln, Tattoos und coole Sprüche müssen her. Nur dumm, dass er sich ausgerechnet in seine hübsche Nachbarin Carolin verliebt.

Kapitel 1

»Das ist doch mal eine Party!« Sonja sah sich sichtlich zufrieden um.

»Man wird ja schließlich nur einmal fünfundzwanzig!« Carolin prostete ihrer besten Freundin lächelnd zu. In dem riesigen Wohnzimmer waren alle ihre Freundinnen versammelt. Sie wiegten sich gut gelaunt im Takt der Musik und nippten an ihren Gläsern, während sie sich mehr mit Gesten als mit Worten verständigten, weil es einfach zu laut war, um sich normal zu unterhalten. Andere tanzten bereits ausgelassen. Die jungen Männer, die Sonjas Bruder Tom eingeladen hatte, wurden mehr oder weniger neugierig begutachtet. Vor allem natürlich von den Mädels, die ohne Partner gekommen waren.

»Kennst du den heißen Typen dort drüben? Nicht hinsehen«, zischte Sonja ihr zu.

»Wie soll ich dann feststellen, ob ich ihn kenne? Wie sieht er denn aus?«, fragte Carolin nach.

»Groß, mit ordentlichen Muckis, schwarzen Haaren und einer Menge Tattoos. Das muss einer von Toms Freunden sein. Er sieht dauernd zu uns rüber, obwohl ihn ein paar von unseren Mädels belagern.«

»Deiner Beschreibung nach kenne ich ihn bestimmt nicht«, stellte Caro lachend fest und ließ den Blick langsam, wie zufällig, in seine Richtung schwenken. Augenblicklich beschleunigte sich ihr

Herzschlag. Obwohl sie ihn vor zehn Jahren zum letzten Mal gesehen hatte, erkannte sie ihn sofort. »Scheiße, das ist Chris.« Ruckartig drehte sie sich wieder weg.

»Du kennst ihn?« Sonja starrte sie überrascht an.

»Wir waren an derselben Schule, er drei Klassen über mir. Ich war damals total verschossen in ihn, aber er hat mich überhaupt nicht zur Kenntnis genommen.«

»Ich schätze mal, das hat sich geändert«, stellte ihre Freundin trocken fest. »Er kommt zu uns rüber und ich habe nicht das Gefühl, dass er mich ansieht.«

Einen Moment lang wollte Panik in ihr aufsteigen, doch dann rief sich Carolin in Erinnerung, dass sie keine fünfzehn mehr war. Chris hatte schon als Schüler gut ausgesehen, doch mittlerweile hatte er sich vom schlaksigen Jugendlichen zu einem echten Hingucker entwickelt. Er trug enge, schwarze Jeans, die tief auf seinen schmalen Hüften saßen, dazu ein dunkelgraues Tanktop, das seine Muskeln betonte. Seine Bewegungen waren geschmeidig und kontrolliert, wie die einer Raubkatze.

»Hallo, Geburtstagskind«, wandte er sich zuerst an Sonja. »Glückwunsch.«

»Danke«, antwortete sie lächelnd, doch bevor sie noch mehr sagen konnte, drehte er sich bereits zu seinem eigentlichen Zielobjekt.

»Hey, genießt du die Party?« Er war einen guten Kopf größer als Carolin und stand knapp vor ihr. Daher musste sie den Kopf in den Nacken legen, um ihn ansehen zu können. Gleichzeitig registrierte sie, dass er ihr nur kurz in die Augen sah, bevor sein Blick in den Ausschnitt ihres Tops glitt. Sie war nicht sicher, ob sie das so gut fand, doch sie ließ sich nichts anmerken.

»Auf jeden Fall!« Sie nahm einen großen Schluck von ihrem Aperol-Spritz, weil ihr gerade nichts einfiel, was sie sonst sagen sollte, abgesehen davon, dass es für eine Unterhaltung zu laut war, wenn man seinem Gegenüber nicht direkt ins Ohr schreien wollte. Chris schien ohnehin wenig Interesse an Konversation zu haben.

»Lust zu tanzen?«, war das Einzige, was er von sich gab. Während sie sich unter die anderen Tanzenden mischten, fragte sie sich, ob er sich ebenfalls an sie erinnerte. Aber schlussendlich war es ohnehin gleichgültig. Es zählte nur der Augenblick und den fand sie ziemlich aufregend. Chris war ein phänomenaler Tänzer, genauso oder sogar noch besser, als sie es sich früher in ihren Tagträumen ausgemalt hatte. Sich mit ihm zu den unterschiedlichen Rhythmen zu bewegen, war einfach nur heiß und sie genoss es in vollen Zügen. Außerdem schmeichelten die neidvollen Blicke der anderen Mädels Carolins Ego gewaltig. Jetzt war sie mal an der Reihe, von einem umschwärmten Typen beachtet zu werden! Doch auch wenn das Tanzen richtig Spaß machte, irgendwann brauchte sie eine Pause. Ihre Zunge klebte beinahe schon am Gaumen, so durstig war sie.

»Ich hol mir was zu trinken«, rief sie ihm zu, als der nächste Song anfing. Selbst in der angrenzenden Küche, wo sie Getränke und Knabberzeug vorbereitet hatten, war der Lärmpegel gewaltig hoch. Die Pfirsich-Malibu-Bowle schmeckte genial, aber da sie bereits vorhin kräftig zugelangt hatte, spritzte sie das Getränk mit etwas Sodawasser auf. Chris war ihr gefolgt, goss Wodka in ein Glas und streckte ihn mit etwas Red Bull. Er lehnte mit der Hüfte lässig an der Kochinsel, während er ihr zusah, wie sie mit einem langen Löffel nach den Pfirsichstücken in ihrem Glas fischte. Sein Blick zeugte von reichlich vorhandenem Selbstbewusstsein und obwohl sie sonst nicht übertrieben schüchtern war, brachte er sie komplett aus dem Konzept. Beim Tanzen hatte sie seine Gegenwart genossen, doch nun, im hellen Licht der LED-Spots, kroch die Nervosität in ihr hoch und sie fühlte sich beinahe wieder wie der unsichere Teenager von früher. Er kam näher und beugte sich zu ihr. Doch, statt mit ihr zu reden, wie sie erwartet hatte, strichen seine Lippen über die zarte Haut direkt unter ihrem Ohr und hinterließen eine prickelnde Spur. Sein Dreitagebart kratzte aufregend an ihrer Wange und Carolin durchrieselte ein kleiner Schauer, der ihre

Brustwarzen aufrichtete. Schnell legte sie einen Arm darüber und wich einen Schritt zurück, doch das wissende Grinsen verriet, dass er seine Wirkung sehr genau einschätzen konnte. Es irritierte Carolin, dass sie auf ihn so intensiv reagierte, obwohl sie ihn kaum kannte. Irgendwie wurde ihr das alles gerade zu viel und sie fand es höchste Zeit, sich ein wenig zurückzuziehen. Rasch trank sie ihr Glas leer und stellte es zu den anderen in die Spüle. Dann wandte sie sich um und verließ die Küche, ohne ihm weiter Beachtung zu schenken. Dass er ihr gefolgt war, merkte sie erst, als er plötzlich seine Hände an ihre Hüften legte und sich von hinten an sie schmiegte. Es war eng auf der Tanzfläche, doch das war bestimmt nicht der Grund, warum er ihr so nahe kam, dass sie die harte Beule in seiner Hose an ihrem Po zu spüren bekam.

›Wow, der geht aber ran!‹, dachte sie etwas schockiert. ›Was denkt er denn, warum ich so schnell abgehauen bin?‹ Geschickt wand sie sich aus seinen Armen, als er sie umschlingen wollte, und drehte sich zu ihm um. Sie legte ihre Hände an seinen harten Brustkorb, um ein wenig Abstand zu schaffen. Als hätte er ihn bestellt, wechselte die Musik in diesem Moment zu einem langsamen Schmusesong. Er war eines von Carolins Lieblingsliedern, also ließ sie sich darauf ein und lehnte die Stirn an seine Schulter, beließ die Hände jedoch, wo sie waren. So konnte sie ihn unauffällig ein wenig auf Distanz halten. Gerade, als sie anfing, sich zu entspannen und den Tanz zu genießen, legte er eine Hand auf ihren Po und drückte sie an sich.

»Du bist total mein Typ«, drang an ihr Ohr. »Eine richtig süße, heiße Maus.«

Was sollte sie darauf sagen? Ihr Teenager-Ich jubelte, aber eigentlich erschien ihr diese Ansage unpassend. Also reagierte sie nicht darauf, sondern konzentrierte sich auf die Musik und wie gut es sich anfühlte, mit ihm zu tanzen. Er bewegte sich geschmeidig und kraftvoll und war unbestreitbar ein geiler Typ, vermutlich der Heißeste, mit dem sie bisher zu tun gehabt hatte. Es schien, als ob sich ihre Jungmädchenträume unverhofft verwirklichen würden, trotzdem hatte sie ein seltsames Gefühl. Er interessierte sie noch immer, das war nicht zu leugnen. Sie wollte ihn näher kennenlernen und mehr über ihn erfahren, doch das würde in diesem Rahmen schwierig werden.

»Du bist ein guter Tänzer«, rief sie ihm über die Musik hinweg zu, als sie wieder in offene, schnellere Schritte wechselten.

»Ich kann vieles gut«, gab er grinsend zurück und zog sie mit einer raschen Drehung an sich. Bevor er sie wieder freigab, streifte er wie zufällig ihre Brüste. Das löste widerstreitende Gefühle in Carolin aus. Erneut hatte sie das Bedürfnis, auf Abstand zu gehen. Die Nähe, die beim Tanzen naturgemäß entstand, war okay, aber das, was er da abzog, war ihr einfach zu viel. Plötzlich erschien es ihr im Raum unerträglich warm. Aufgrund des Lärmpegels mussten die Fenster geschlossen bleiben, damit die Nachbarn in dem noblen Villenviertel am Grazer Stadtrand nicht gestört wurden.

»Ich muss ein bisschen an die Luft«, rief sie ihm zu und bahnte sich einen Weg durch die Menge. Es war eine milde Nacht Anfang Juni und sie freute sich auf ein paar tiefe, erfrischende Atemzüge. Erst als sie die Glastüre aufgestoßen hatte und sie rasch wieder hinter sich schließen wollte, bemerkte sie, dass er sich erneut an ihre Fersen geheftet hatte. Sie befanden sich zwar nicht alleine im Garten, aber einige Partygäste schienen die Dunkelheit für andere Zwecke als zum Abkühlen zu nutzen. Die Geräusche, die hinter einem Busch zu ihrer Linken hervordrangen, ließen auf intime Tätigkeiten schließen.

»Das ist eine sehr gute Idee«, stellte ihr Begleiter grinsend fest und versuchte, sie an sich zu ziehen.

»So war das nicht gemeint«, wies sie ihn zurecht. »Ich brauche dringend Sauerstoff und Kühle.«

»Dann lass doch etwas Luft an deine Haut«, raunte er und schob ihr Top über den Bauch hoch.

»Sag mal, was soll das? Wir kennen uns doch nicht einmal. Weißt du überhaupt meinen Namen?«

»Nein, muss ich den kennen? Mich interessiert viel mehr, wie du schmeckst und dich anfühlst.«

Deutlicher konnte er ihr nicht zu verstehen geben, was er vorhatte.

»Und du denkst, nur weil wir miteinander getanzt haben, kannst du gleich bei mir landen?« Sie schob seine Hände energisch von ihrer Haut und zog das Top wieder nach unten.

»Ach komm, hab dich nicht so. Wir können doch ein bisschen Spaß miteinander haben.« Wieder versuchte er, sie an sich zu ziehen und sie zu küssen. »Bis jetzt war noch jede zufrieden, der ich es besorgt habe.«

Carolin blieb bei dieser Ansage beinahe die Luft weg. ›So ein arroganter Arsch! Damit hat er sich endgültig ins Aus geschossen!‹, stellte sie erbost fest.

»Lass mich in Ruhe und such dir eine andere. Außerdem muss ich mal aufs Klo«, fuhr sie ihn an und schubste ihn zur Seite. Rasch lief sie ins Haus und in den ersten Stock hinauf. Dort hatten Sonja und Tom ihre Zimmer und ein eigenes Bad mit WC. Ihre Eltern benutzten ein anderes und für die Gäste war die Toilette im Erdgeschoss vorgesehen. Die Villa war riesig und Sonjas Eltern weit weg im Urlaub auf Tahiti. Es war also das perfekte Setting für eine Mega-Party.

Beim Händewaschen betrachtete sie ihr erhitztes Gesicht im Spiegel. Auf einer Seite war die Wimperntusche etwas verlaufen. ›Von wegen wasserfest!‹ Vorsichtig wischte sie die schwarzen Spuren mit einem Kosmetiktüchlein weg. In Gedanken ging sie die Szene von vorhin noch einmal durch. ›So ein Mistkerl! Den Rest des Abends werde ich mich von Chris fernhalten, da kann er noch so cool und attraktiv sein! Gut, dass er mir schnell sein wahres Gesicht gezeigt hat! Ich bin zu hundert Prozent sicher, dass ich es spätestens morgen bereut hätte, wenn ich auf ihn hereingefallen wäre.‹ Sie ließ sich Zeit und kühlte ihren Puls unter fließendem Wasser.

Schließlich fühlte sie sich erfrischt genug, um sich wieder unters gut gelaunte Partyvolk zu mischen, doch als sie die Tür öffnete, erkannte sie, dass sie in der Falle saß. Chris lehnte lässig an der Wand und schien auf sie zu warten. Anscheinend war er mit Tom gut genug befreundet, dass er sich im Haus auskannte. Das hatte sie nicht einkalkuliert. Die Musik, die aus der sündhaft teuren Stereo-Anlage durch die Villa wummerte, überlagerte alle anderen Geräusche. Carolin gab sich einen Ruck und versuchte, mit hocherhobenem Kopf und selbstsicherer Miene an ihm vorbeizukommen, doch da hatte sie keine Chance. Er griff nach ihren Handgelenken und drängte sie gegen die Wand.

»Du bist eine richtige kleine Wildkatze, das gefällt mir. Eigentlich ist es ja langweilig, wenn die Mädels gleich vor mir auf die Knie gehen, um ... na, du weißt schon.« Er grinste und an seinem Blick erkannte sie, dass er sich wohl genau das jetzt wünschen würde.

Dass er zur Verdeutlichung der Worte die Zunge an der Innenseite seiner Wange bewegte, fand sie einfach nur ekelig.

»Vergiss es, und jetzt lass mich durch!«, fauchte sie und versuchte, ihre Hände freizubekommen. Doch er lachte nur und zog sie über ihren Kopf, während er sich mit dem ganzen Körper an sie drängte und ein Knie zwischen ihre Beine zwängte. Mit leichter Panik spürte sie seine Erektion an ihrem Bauch. Wenn sie wenigstens Jeans angezogen hätte! Die hätten eher eine Barriere geboten als der beinahe knielange Rock, der beim Tanzen so schön schwang. Sein Griff war wie ein Schraubstock, mit dem er ihre beiden Handgelenke umfasste, während er seine zweite Hand über ihren Busen wölbte und ihn prüfend drückte. Treffsicher fand er ihren Nippel und kniff hinein. Der Reiz schoss wie ein Blitz zwischen ihre Schenkel.

»Das gefällt dir doch, gib es zu. Du bist genauso heiß auf mich, wie ich auf dich!«

»Lass mich los!« Sie versuchte erfolglos, sich aus seinem Griff zu befreien. Es hatte keinen Sinn, zu schreien. Niemand würde sie hören. Im Erdgeschoss war der Lärmpegel einfach zu hoch. Einen Schritt neben ihnen befand sich die Tür zu Sonjas Zimmer und sie merkte zu ihrem Schrecken, dass er nach der Klinke tastete. Glücklicherweise ließ sie sich nicht öffnen und ihr fiel ein, dass die Geschwister besprochen hatten, zur Vorsicht alle Türen zu den privaten Räumen zu versperren. Seine Aufmerksamkeit war darauf gerichtet, an der Klinke zu rütteln, und sie nutzte die Gelegenheit zu einem neuen Fluchtversuch. Wieder stieß er ein dunkles, kehliges Lachen aus und schlang beide Arme um sie. In diesem Moment bemerkte sie Tom. Er wollte eilig die Tür zu seinem eigenen Zimmer aufschließen. Augenscheinlich war es ihm peinlich, sie in einem intimen Moment zu stören.

»Tom, hilf mir«, rief sie ihm zu, so laut sie konnte. Überrascht hielt er inne und sah zu ihr hinüber. Noch einmal rief sie seinen Namen. Endlich kam er näher.

»Was ist denn hier los?«, fragte er irritiert.

»Nichts, wir machen nur ein bisschen rum«, versuchte Chris, ihn loszuwerden, lockerte aber gleichzeitig seinen Griff. Endlich konnte Carolin sich befreien und flüchtete zu Tom.

»Du solltest dir ein bisschen genauer ansehen, wen du zu einer solchen Party einlädst. Dieser Arsch denkt, er kann sich alles nehmen, was ihm gefällt.« Sie schickte Chris einen wütenden Blick, den der mit einem verlegenen Grinsen und einem Schulterzucken beantwortete.

»Ich konnte doch nicht ahnen, dass du so prüde bist.«

»Nur weil eine Frau zu dir Nein sagt, ist sie noch lange nicht prüde, du aufgeblasener Idiot.« Sie wandte sich an Tom. Noch immer schlug ihr das Herz bis zum Hals. »Ich bin so froh, dass du heraufgekommen bist. Jetzt weiß ich, warum Mädels angeblich immer zu zweit aufs Klo gehen. Alleine hat man gegen so einen Mistkerl keine Chance.«

Damit ließ sie die beiden stehen und lief die Treppe hinunter. Niemand nahm Notiz von ihr und sie war erleichtert, als sie Sonja fand. Sie stand im Vorraum und unterhielt sich mit einem jungen Mann, der das T-Shirt eines Pizza-Restaurants trug. Erst dann fiel ihr der Duft auf, der in der Luft lag.

»Hast du Tom gesehen?«, fragte Sonja, der ihre Abwesenheit anscheinend gar nicht aufgefallen war. »Er wollte doch Geld holen.« Erst jetzt wurde Carolin klar, dass sie der Pizzalieferung verdankte, der unerwünschten Aufmerksamkeit von Chris entkommen zu sein. Sie mochte sich nicht ausmalen, welches Ende diese Begegnung hätte nehmen können.

»Er kommt bestimmt gleich. Eines sage ich dir, Sonja, ab sofort gebe ich mich nur noch mit netten Männern ab, die eine Frau mit Respekt behandeln.«

Ihre Freundin nickte lachend. »Meine Rede! Aber jetzt brauche ich erst mal gar keinen Mann, sondern ein ordentliches Stück meines würzigen Lebenselixiers!«

Kapitel 2

Oliver knallte sein Telefon mit solchem Schwung auf den Couchtisch, dass es quer darüber schlitterte und in Marios Hand landete, als er sie schnell danach ausstreckte. Behutsam legte der es auf den Tisch zurück und sah seinen Freund und Mitbewohner fragend an. Oliver ließ sich neben ihn auf das Sofa fallen. Mit einer müden Geste strich er sich mit beiden Händen durch das schwarze, lockige Haar.

»War das vielleicht ein Tag! Bin ich froh, dass er so gut wie vorbei ist. Und zum krönenden Abschluss hat auch noch Anja mit mir Schluss gemacht.«

»Einfach so?«

»Nein, nicht einfach so. Sie hat mich gegen Kev ausgetauscht.«

Mario schüttelte ungläubig den Kopf. »Kev? Deinen Bruder Kevin? Das ist nicht dein Ernst!«

»Doch, sie findet ihn so viel cooler als mich, dass sie mich nach einem halben Jahr einfach per Whats-App abserviert hat.« Oliver schüttelte den Kopf. »Was geht nur in den Mädels vor? Kevin ist ein Arsch und behandelt Frauen wie den letzten Dreck. Genauso wie der Typ, der mir meine vorige Freundin ausgespannt hat, weil er gerade Bock auf sie hatte. Schnallen die das nicht?«

Mario zuckte mit den Schultern. »Keine Ahnung. Ich bin kein Frauenversteher, sonst wäre ich nicht noch immer Single.« Er legte einen Kassenbon als Lesezeichen ein, dann klappte er das dicke Fachbuch über menschliche Anatomie zu, in dem er gelesen hatte, bevor Oliver von der Arbeit heimgekommen war. »Ich war heute in der Buchhandlung. Sieh dir doch die Buchtitel an! Es wimmelt nur so vor Bad Boys, Bad Millionairs und muskelbepackten Rocker-Typen voller Tattoos. Da können Normalos wie wir nicht mithalten.«

Oliver stierte trübe vor sich hin. »Ich brauch was zu trinken. Willst du auch einen Orangensaft?«

»Orangensaft?« Mario grinste. »Mann, aus uns wird nie was! Richtige Typen trinken in so einer Situation Whisky oder wenigstens ein Bier.«

Sein Freund erstarrte mitten in der Bewegung, dann drehte er sich langsam zu ihm um und wies mit dem ausgestreckten Zeigefinger auf ihn. »Du hast recht! Du hast hundertprozentig recht!« Er ließ sich wieder neben ihm nieder. Der Orangensaft war vergessen.

»Womit?« Verwirrt runzelte Mario die Stirn.

»Wir müssen uns ändern. Solche Weicheier wie wir bleiben die ewigen Verlierer. Genau das hat Anja mir auch geschrieben.« Er deutete anklagend auf sein Handy.

»Und was schließt du daraus?«

»Wir müssen harte Jungs werden. Krafttraining, Tattoos, mehr Alkohol ... Und zu rauchen müssen wir auch anfangen.«

»Moment mal ...« Mario nahm abwehrend beide Hände hoch. »Das mit dem Rauchen kannst du vergessen. Denk an meinen Onkel.«

»Sorry, du hast recht«, murmelte Oliver, als er sich daran erinnerte, dass der Lieblingsonkel seines besten Freundes ein halbes Jahr zuvor an Lungenkrebs gestorben war. Er war ein starker Raucher gewesen und sein Leiden mit anzusehen, hatte Mario viel Kraft gekostet.

»Und das mit dem Alkohol ... Das harte Zeug ist auch nicht gerade gesund und steigt gleich in die Birne. Wie soll ich denn da für meine Prüfungen lernen?«, gab Mario zu bedenken.

»Dann könnten wir ja zumindest so tun, als ob. Eistee in einer Whiskyflasche sieht richtig echt aus. Damit haben wir mal meine Mutter geschockt. War natürlich Kevins Idee.« Er grinste bei der Erinnerung an den Kinderstreich.

»Eigentlich dachte ich, aus dem Alter sind wir heraußen, etwas vorzutäuschen, das wir nicht sind.«

Oliver sah seinen Freund nachdenklich an. »Da hast du nicht unrecht. Aber wenigstens ins Fitnessstudio können wir mal gehen. Das hatte ich doch eigentlich schon viel länger vor.«

Mario nickte erleichtert. »Ja, da bin ich dabei. Ein paar Muckis mehr und eine bessere Kondition hätten uns gestern nicht geschadet, als wir uns mit der Waschmaschine abgeplagt haben. Das Tattoo wäre auch verhandelbar. Kommt darauf an, ob wir ein Studio finden, dem ich vertraue. Und auf das Motiv natürlich. Keinen Totenkopf, das passt nicht zu meinem Job.«

Sein Freund grinste. »Stimmt. Als zukünftiger Arzt solltest du doch etwas Lebensbejahendes zeigen. Ein Kleeblatt, Blümchen oder Schmetterlinge.«

»Drachen sind auch Glückssymbole und wesentlich cooler«, überlegte der Medizinstudent. »Das passt ja für einen Banker ebenso. Oder Dagobert Duck, wie er in den Goldstücken badet.«

»Sehr cool, wirklich«, ätzte Oliver, musste aber bei der Vorstellung lachen, sich den Enterich auf den Oberarm tätowieren zu lassen.

»Heute habe ich wieder unsere neue Nachbarin im Treppenhaus getroffen. Ihre blonde Freundin war auch dabei«, wechselte Mario abrupt das Thema. »Die beiden haben ganz süß gelächelt, als ich sie grüßte.«

»Mit freundlich grüßen ist es ab jetzt auch vorbei. Bad Boys sind nicht nett, vergiss das nicht.«

Marios Miene verriet, dass er die Idee schon nicht mehr so toll fand. Oliver legte ihm versöhnlich die Hand auf die Schulter. »Du musst ja nichts machen, was du nicht willst. Ich habe ja selbst keine Ahnung, ob ich das hinbekomme. Aber Schritt für Schritt zum neuen Selbst, okay?« Er hielt ihm die Faust hin und Mario stieß mit seiner dagegen, dann schüttelte er den Kopf. »Ich sag dir was, das mit dem Bad Boy-Image wird eine harte Nuss. Müsstest du nicht eher drohen, mich zusammenzuschlagen, wenn ich nicht mitmache?«

»So ein Quatsch! Wir zwei müssen doch zusammenhalten! Komm, setzen wir uns auf den Balkon und

bechern uns mit dem italienischen Rotwein voll, den ich letztens gekauft habe.«

»Einverstanden.«

Als sie mit den eleganten Gläsern und der Flasche hinaustraten, bereute es Oliver sofort. Am Nachbar balkon saßen die zwei Mädels, von denen Mario gesprochen hatte. Augenblicklich versuchte er, eine möglichst arrogante Miene aufzusetzen, nickte kühl hinüber und drehte ihnen dann den Rücken zu. Trotzdem hatte ein Blick auf die Brünette gereicht, um ihm Herzklopfen zu verursachen. Sie war genau sein Typ, sofern er überhaupt einen hatte: Die Haare trug sie lang und mit einem Pony und auf ihrer süßen Stupsnase prangten Sommersprossen, so viel hatte er erkennen können. Mario setzte sich ihm gegenüber und wandte den Frauen dadurch das Gesicht zu. Er lächelte und prostete ihnen zu. Olivers Laune wurde schlagartig noch schlechter. Was für eine bescheuerte Idee hatte er da gehabt! Viel lieber würde er sich mit seinen Nachbarinnen unterhalten. Sie schienen nett zu sein, nach den leisen Gesprächsfetzen zu schließen, die er auffing. Ein melodiöses Lachen erklang und er fragte sich, welche von den beiden es ausgestoßen hatte. Er stürzte den Wein in seine Kehle, was bei dem edlen Tropfen eigentlich eine absolute Verschwendung war und in Anbetracht seines ansonsten leeren Magens auch keine allzu gute Idee. Anja fiel ihm wieder ein. Im Grunde hatte es mit ihnen ohnehin nicht gepasst und in letzter Zeit nur noch genervt. Er merkte verwundert, dass es ihn eigentlich erleichterte, dass es vorbei war. Doch die Art, wie sie ihn abserviert hatte, und dass sie sich ausgerechnet mit seinem Halbbruder eingelassen hatte, der ihn von Kindheit an nur getriezt hatte, machte ihn wütend. Warum passierte ausgerechnet ihm so etwas immer? Das musste ein Ende haben!

»Das ist doch alles Scheiße«, zischte er seinem Freund zu. »Höchste Zeit, dass wir was ändern!«

Mario nickte beruhigend. »Das haben wir ja vorhin schon beschlossen. Hast du ein bestimmtes Fitnessstudio im Auge? Da war doch letztens ein Werbeflyer in der Post ... Ein Freunde-Abo zum halben Preis oder so. Ich schau mal, ob ich den noch finde!«

Während er im Wohnzimmer den Zeitungsstapel durchsuchte, goss Oliver die Gläser erneut voll,

obwohl er jetzt schon wusste, dass er es bereuen würde. Mit schwerem Kopf überlegte er, was sie noch an
Essbarem im Kühlschrank hatten. Der Räucherspeck
fiel ihm ein, den ihnen die freundliche alte Dame aus
dem vierten Stock als Dankeschön für ihre Hilfe mitgegeben hatte. »Hast du auch Appetit auf Speck und
Zwiebel?«, fragte er Mario, als der mit dem Flyer
winkend zurückkehrte.

»Hey, ja, gute Idee. Mir steigt der Wein ohnehin
schon in die Birne. Bring alles raus, wir schneiden es
hier auf.«

Oliver lief das Wasser im Mund zusammen, als er
eine Zwiebel schälte und mit Speck und Brot auf einem großen Brett hinaustrug.

»Es hat seine Vorteile, Single zu sein«, stellte er
grinsend fest, als er sich wenig später die Zwiebelrin-
ge auf sein Speckbrot häufte.

Kapitel 3

Auf dem Nachbarbalkon hob Sonja schnuppernd die Nase. »Mensch, das riecht aber lecker«, flüsterte sie ihrer Freundin zu. »Da bekomme ich auch gleich Hunger.«

Carolin lachte. »Sag bloß, du willst auch Speck mit Zwiebeln essen.«

»Warum nicht? Du weißt genau, dass es bei uns nicht nur Kaviar und Champagner gibt!« Sonja mochte weder das eine noch das andere, auch wenn es hin und wieder auf Empfängen, die ihre Eltern gaben, gereicht wurde.

»Ja, klar. Ich hab noch Räucherspeck und Jausenwürstel von meinem Onkel Roman. Du weißt schon, der mit dem Bauernhof.«

»Oh, super! Gibt es vielleicht auch ein Bier dazu?«

Wieder musste Carolin lachen. »Ich hab mich extra für dich damit eingedeckt.«

Wenig später saßen auch die Mädels bei ihrem rustikalen Abendessen. »Wenn man dich so sieht, zartes Elfchen, das du bist, würde man nie vermuten, dass du Bier, Speck und Pizza liebst.«

»Urteile nie nach dem Äußeren«, stellte Sonja vergnügt und mit vollem Mund fest. »Ich bin sehr froh, dass du trotz deines Jobs nicht zur Veganerin geworden bist. Dann wäre das Schlemmen mit dir nur noch halb so lustig.«

»Deshalb achte ich wenigstens darauf, dass ich viele Lebensmittel direkt von vertrauenswürdigen Bauern kaufen kann. Wenn schon Fleisch essen, dann von Tieren, die artgerecht gehalten und human geschlachtet wurden.« Carolin fiel auf, dass der junge Mann vom Nebenbalkon ihrem Gespräch offenbar interessiert lauschte. Die Abendsonne brachte sein rötliches Haar zum Leuchten. Sie sandte ihm ein leichtes Lächeln, bevor sie sich wieder ihrer Freundin zuwandte. »Was war denn noch mit Chris? Hat Tom was gesagt?« Sie hatte ihn den restlichen Abend nicht mehr zu Gesicht bekommen.

»Er hat ihn rausgeschmissen, als er sich an das nächste Mädchen herangemacht hat. Obwohl Emmi gar nicht abgeneigt war.« Sonja zog die Augenbrauen vielsagend hoch. »Sie ist mit ihm abgehauen. Bin gespannt, wie lange es dauert, bis sie kommt, um sich bei mir auszuheulen.«

Carolin schüttelte den Kopf. »So ein Arsch. Aber solange er damit Erfolg hat, wird er sich nicht ändern.«

»Wozu auch? Er kriegt ja, was er will.«

»Wann kommen deine Eltern wieder?«, erkundigte sich Caro dann.

»In drei Tagen. Bis dahin müssen die letzten Spuren beseitigt sein. Tom hat versprochen, sich um den Teppich im Wohnzimmer zu kümmern, der einige Flecken abbekommen hat. Da wird er wohl eine

Spezialreinigung beauftragen müssen. Mama kriegt die Krise, wenn nicht alles picobello ist.«

»Dabei putzt sie ohnehin nicht selbst«, rutschte es Carolin heraus. Der Lebensstil in Sonjas Elternhaus war ihr noch immer suspekt, obwohl sie bereits seit vier Jahren eng befreundet waren.

»Stimmt. Aber sie ist extrem pingelig. Vielleicht bin ich deshalb so eine Chaotin? Als Gegengewicht?«

»Na klar, reine Rebellion«, gab ihr Caro grinsend recht.

»Weißt du eigentlich, dass ich dich um deine Freiheit beneide?« Die Blondine wischte sich mangels einer Serviette die Finger an einem Blatt Küchenrolle ab und lehnte sich zurück. »Du kannst tun und lassen, was du willst. Ich muss daheim nach Mamas Pfeife tanzen und im Job hat Papa das Sagen.«

»Dafür hast du keine Geldsorgen.«

Im selben Moment fiel Carolin ein, dass sie noch Wäsche waschen musste. Für die Anschaffung einer eigenen Waschmaschine hatte das Geld noch nicht gereicht, also ging sie mit ihrer Schmutzwäsche zu ihrer Oma.

»Sag doch, wenn du was brauchst. Ich geb es dir gerne, das weißt du! Geborgt, geschenkt, was auch immer.«

Carolin nickte, aber sie war sicher, bevor sie Geld von ihrer Freundin annähme, müsste sie schon gewaltig in der Klemme sitzen. Das Monatsende nahte und dann kam auch wieder Geld auf ihr Konto.

»In knapp zwei Monaten geht meine Kollegin in Mutterschutz. Dann kann ich ihre Stunden übernehmen und habe endlich meine Vollanstellung.«

»So bald ist das schon? Sehr gut! Machst du das Hunde-Sitting zusätzlich weiter?«

»Wenn es sich zeitlich vereinbaren lässt, dann schon. Die Besitzer verlassen sich ja auf mich. Ich muss eben in der Mittagspause mit den Wuffis spazieren gehen.«

Sonja schüttelte leicht den Kopf und griff dann nach ihrer Bierflasche. »Oh, schon leer.«

»Willst du noch eines?«

»Nein, danke, sonst werde ich noch wegen Trunkenheit auf dem Fahrrad aufgehalten«, wehrte sie lachend ab. »Wie gut, dass Mama nicht da ist. Wenn sie gesehen hätte, dass ich mich in dieser alten Jeans auf das Rad geschwungen habe! Ginge es nach ihr, dürfte ich nur top gestylt und aufgemöbelt aus dem Haus und mit meinem Smart herumdüsen. Da fällt mir ein, ich muss dann ohnehin los. Ich hab noch einen Termin.«

»Bei deiner Nagelfee?«, fragte Caro zwinkernd. Sonja nickte. Es war ihr angesichts der chronischen Geldnot ihrer Freundin beinahe peinlich, aber auch wenn sie es genoss, in normalen, bequemen Klamotten herumzulaufen, auf ihre Fingernägel legte sie

Wert. Sie liebte diese kleinen Kunstwerke einfach, die sie nachher gleich darauf gezaubert bekam.

Eine Viertelstunde später klingelte Carolin an der Wohnungstür ihrer Großmutter. Den Korb mit der Schmutzwäsche hielt sie mit einer Hand gegen ihre Hüfte gepresst. Ein Schwall warmer, mit Kuchenduft gesättigter Luft kam ihr entgegen, als geöffnet wurde.

»Spät bist du dran«, wurde sie begrüßt. »Aber besser spät als nie. Ich dachte schon, du kommst nicht mehr und habe meinen Kaffee alleine getrunken.«

»Entschuldige bitte, Omi, ich hatte Besuch.«

»Herrenbesuch?«, fragte Gertrud zwinkernd.

»Nein, Sonja war da. Sollte ich endlich mal einen netten Mann kennenlernen, erfährst du es als Erste«, versprach ihr Caro lachend. Sie hatte zu ihrer Oma ein sehr inniges Verhältnis und als zufällig im selben Haus eine Wohnung freigeworden war, hatte sie sofort zugegriffen, obwohl sie sich derzeit die Miete eigentlich gar nicht leisten konnte. So eine Gelegenheit kam so schnell nicht wieder.

»Aber ein Stück Marmorkuchen isst du schon noch, oder?«

»Sehr gerne! Aber zuerst stopfe ich die Maschine voll. Zeigst du mir noch schnell, wie das neue Wunderding funktioniert?«

Als die beiden Frauen wenig später gemeinsam den Kuchen aßen, stellte Carolin fest: »Als deine alte

Waschmaschine den Geist aufgab, hatte ich schon leichte Panik, aber die Neue ist ein Hit. Dieses Sportschuhprogramm muss ich demnächst ausprobieren!«

»Ja, und sie schleudert so leise, da kann ich auch in der Nacht waschen, ohne dass alle rundherum wach werden. Ich habe dir noch gar nicht erzählt, was das für ein Theater war, als sie geliefert wurde!«

Caro blickte erstaunt hoch. »Warum? Was war denn los?« Sie hatte ihrer Oma geholfen, das Gerät online zu bestellen und den Lieferservice dazu gebucht. War da etwas schief gelaufen?

»Die Spedition hat die Waschmaschine auf dem Gehsteig abgestellt. Für den Zusteller war es damit erledigt und er war auch gegen extra Trinkgeld nicht dazu zu bewegen, sie heraufzubringen. Alleine hätte er es wohl auch gar nicht geschafft.«

»Na, das ist ja ein Ding! Das können die doch nicht machen! Wenn man sich etwas liefern lässt, geht man doch davon aus, dass es bis in die Wohnung gebracht wird.«

Gertrud nickte. »Sollte man meinen.«

»Und was hast du dann gemacht?«

»Zwei junge Männer kamen gerade. Sie wohnen bei uns im Haus, sogar in deinem Stockwerk, wenn ich mich nicht irre. Sie haben mir die Waschmaschine heraufgebracht und sogar gleich angeschlossen. Sie wollten nicht einmal Geld dafür nehmen. Aber dem Selchspeck von Roman und einem halben

Kuchen konnten sie doch nicht widerstehen. Gut Essen hält Leib und Seele zusammen, das wissen die eben auch.« Sie lachte. »So freundliche, hilfsbereite Jungs. Kennst du die beiden? Einer ist rothaarig und trägt Vollbart, der andere hat dunkle, lockige Haare.«

Caro nickte. Die Beschreibung passte. »Das sind meine direkten Nachbarn. Der bärtige Pumuckl scheint nett zu sein, den anderen habe ich bisher nur einmal kurz im Treppenhaus gesehen.«

»Tsstss, Pumuckl. Sag ihm das bloß nicht ins Gesicht. Findest du das nicht unfair? Rothaarigen Frauen wird nachgesagt, sie seien besonders temperamentvoll, aber Männer haben es schwer. Zu einem Freund von mir haben's immer Karottenkopf gesagt, als wir noch in der Schule waren. Später wurde er ein erfolgreicher Unternehmer und alle haben vor ihm gebuckelt und sind ihm in den Allerwertesten gekrochen.«

Carolin war bei der leisen Rüge ein wenig rot geworden. »Du hast ja recht und zu ihm würde ich das niemals sagen. Außerdem liebe ich den Pumuckl, seit du mir von ihm vorgelesen hast.«

»Ich weiß schon, du bist ja auch eine Liebe. Ich bin ohnehin nicht sicher, ob die beiden nicht ... na, du weißt schon.«

»Was denn? Denkst du, die beiden sind schwul?«, sprach Caro den Verdacht aus. Gertrud zuckte mit den Schultern.

»Mir ist das ganz egal. Aber wenn nicht, könntest du dir einen der beiden krallen. Sie scheinen wirklich nett zu sein!«

Carolin schüttelte den Kopf. »Was für Gedanken du dir machst. Oder bist du schon so erpicht darauf, Uromi zu werden?«

»Zeit hätte ich ja, auf das Kleine zu schauen. Und fit genug bin ich auch noch. Also, warum nicht?«

»Da mach dir mal nicht zu viele Hoffnungen. Die meisten Männer, die ich kennenlerne, sind Idioten. Außer meinem Tierarzt, aber der ist ja leider vergeben.«

Dr. med. vet. Matthias Wasner, ihr sechsunddreißigjähriger Arbeitgeber, war nicht nur mit einem feinfühligen Wesen und bestechender Intelligenz ausgestattet, er sah auch noch verboten gut aus. Anfangs hatte Carolin mit heftiger Verliebtheit gekämpft, doch mittlerweile hatte sie sich gut im Griff.

»Du findest schon noch den Richtigen. Gut Ding braucht Weile«, tröstete Oma Gertrud sie mit einem ihrer allgegenwärtigen Sprichwörter.

Später, als Carolin in ihrem Bett lag, fragte sie sich, ob ihre Großmutter recht haben könnte. Waren ihre Nachbarn tatsächlich homosexuell, oder einfach nur gute Kumpels? Eigentlich eine Schande, dass sie sich noch nicht einmal einander vorgestellt hatten. Allerdings wohnte sie ja auch erst seit etwa zwei Wochen hier. Sie war froh gewesen, dass die Wohnung möbliert vermietet wurde, auch wenn die Einrichtung nicht so ganz ihr Stil war. Die neue Matratze war die einzige größere Anschaffung gewesen. Das Bettzeug hatte sie von daheim mitgenommen und zusammen mit ihren persönlichen Sachen hatten sie für ihren Umzug in die erste eigene Wohnung nur zwei Fahrten gebraucht. Der Freund ihrer Mutter war sehr eifrig gewesen, als er seinen Kombi mit ihren Sachen beladen hatte. Es war unverkennbar, dass er es kaum erwarten konnte, sie loszuwerden. Obwohl sie bereits fünfundzwanzig war, hatte sie ein wenig das Gefühl, aus dem Nest gedrängt worden zu sein. Umso mehr freute sie sich, dass sie dafür nun ihre Oma in der Nähe hatte. Umgekehrt würde sie auch für sie da sein, wenn sie mal Hilfe brauchte, nachdem ihre Mama nur noch um ihren neuen Partner kreiste. Seit sie mit Frank zusammen war, konnte sie mit ihr nichts mehr anfangen. Carolin schüttelte das unangenehme Gefühl ab, das sie jedes Mal befiel, wenn sie an diese Beziehung dachte, die ihr so gar nicht richtig vorkam. Aber ihre Mutter musste selbst wissen, was für sie gut war.

Ihre Gedanken wanderten neuerlich zu ihren Nachbarn. ›Sollte ich mich bei ihnen auch noch bedanken, dass sie Omi mit der Waschmaschine geholfen haben? Vielleicht könnte ich das gleich mit einem Einstand verbinden? Etwas für die beiden kochen? Liebe geht durch den Magen‹, fiel ihr einer der Sprüche ihrer Oma ein. ›Jetzt fange ich auch schon damit an‹, dachte sie lächelnd. ›Liebe braucht es ja nicht zu werden, aber Freundschaft oder zumindest gute Nachbarschaft wäre schon angenehm.‹

Als sie ein paar Tage später den Rothaarigen am Hauseingang traf, sprach sie ihn an.

»Hallo, wir haben uns noch gar nicht vorgestellt! Ich bin Carolin Schwarz, deine Nachbarin und die Enkelin von Frau Kleiber im vierten Stock, der ihr mit der Waschmaschine geholfen habt. Vielen Dank!« Der Atem wurde ihr knapp und sie schnappte nach Luft. Gleichzeitig lief sie ein wenig rot an, was sie ärgerte.

»Freut mich, dich kennenzulernen! Das haben wir gerne gemacht. Mein Name ist Mario Fischer.«

Nebeneinander stiegen sie die Treppe hoch. »Du und dein Freund, Mitbewohner, was auch immer ... esst ihr gerne Pizza?«

Er grinste. »Kennst du jemanden, der keine mag? Warum fragst du?«

»Ich würde euch gerne zum Wohnungseinstand auf ein Stück selbst gemachte Pizza einladen. Würde euch morgen Abend passen? Oder habt ihr am Samstagabend schon etwas Besseres vor?«

»Oh, wow, da sage ich nicht Nein. Ich muss nur noch Oliver fragen. Warte einen Moment, er müsste jetzt da sein.«

Er sperrte seine Tür auf und rief nach seinem Freund. Der kam nur Sekunden später in den kleinen Vorraum, barfuß und nur mit einem Handtuch um die Hüften. Seine Haare waren nass und Wasser tropfte auf den Boden. Im ersten Moment sah Oliver verlegen aus, im nächsten setzte er eine kühle, arrogante Miene auf, maß Carolin von oben bis unten mit einem taxierenden Blick, dann wandte er sich knapp an seinen Mitbewohner. »Was gibt es?«

Mario ließ sich nicht aus der Ruhe bringen. »Das ist unsere Nachbarin Carolin. Sie will uns morgen Abend zum Einstand auf eine Pizza zu sich einladen. Hast du Zeit?«

Erneut ließ Oliver den Blick seiner dunkelbraunen Augen über die Frauengestalt schweifen, dann nickte er langsam. »Ja, hab ich. Macht ihr alles Weitere aus, okay?« Damit drehte er sich um und ließ die beiden einfach stehen.

»Puh, der ist ja mies drauf. Ist er immer so?«, fragte Caro leise, als er verschwunden war.

»Findest du?« Mario schien sich über ihre Aussage zu amüsieren.

»Ich kenne ihn ja nicht, aber du scheinst der Nettere von euch beiden zu sein. Nun, wie auch immer ... Morgen Abend um sieben?«

»Ja, das passt. Sollen wir was mitbringen? Rotwein passt gut zu Pizza.«

»Ja, gerne!«

Sie lächelten einander an und langsam verflüchtigte sich Carolins Gefühl wieder, mit der Einladung einen Fehler begangen zu haben.

Als sie ihre eigene Tür aufschloss, sah sie in Gedanken Oliver wieder vor sich. Ein zartes Prickeln durchlief sie. Er hatte gut ausgesehen, drahtig und ohne ein Gramm Fett auf dem Körper. Genau so gefiel ihr ein Mann. Dicke Muskelpakete empfand sie eher bedrohlich als attraktiv, besonders nach dem unangenehmen Vorfall mit Chris auf der Party. ›Leider scheint er auch so ein arroganter Kerl zu sein, der denkt, er hätte es nicht nötig, freundlich zu sein‹, überlegte sie, als sie aus ihren Schuhen schlüpfte. ›Da halte ich mich lieber an Mario. Der ist nett, da hatte Oma recht. Ich werde Sonja dazu einladen. Ihrer ansteckend guten Laune kann keiner widerstehen. Aber eines ist sicher, so wie dieser Oliver mich angesehen hat, ist er definitiv nicht schwul.‹

Ihr Magen holte sie knurrend aus ihren Gedanken. Seufzend inspizierte sie den spärlichen Inhalt ihres Kühlschranks, dann kochte sie eine Portion Spaghetti, die sie mit Butter und etwas geriebenem Käse aß. Sorgfältig schrieb sie einen Einkaufszettel. Nur gut, dass ihre Hundesitterdienste sofort und in bar bezahlt wurden, das rettete sie über die nächsten Tage, bis ihr Gehalt überwiesen wurde. Vernünftigerweise hätte sie auch mit der Einladung noch bis nach dem Monatsersten warten sollen, aber sie hatte es so satt, sich ständig mit allen Aktivitäten nach ihrem Kontostand richten zu müssen. Matthias hatte von Anfang an betont, dass sich der Halbtagesjob in absehbarer Zeit in eine Vollanstellung wandeln würde, sonst hätte sie nicht zugesagt. Niemand hatte damit gerechnet, dass es über ein Jahr dauern würde, bis seine Lebensgefährtin, die ebenfalls in der Praxis arbeitete, schwanger werden würde. Doch nun war es soweit und Carolin konnte sich ihre eigenen vier Wände leisten, die eine willkommene Zuflucht vor der seltsamen Stimmung in der Wohnung ihrer Mutter geworden waren.

Kapitel 4

»Ich finde diese Carolin ziemlich süß«, stellte Mario fest, obwohl ihn insgeheim die zarte Blondine mehr reizte. Prüfend beobachtete er seinen Freund aus den Augenwinkeln, während sie sich nebeneinander auf den Ergometern abstrampelten. Das war eigentlich nur das Aufwärmprogramm, bevor sie das Krafttraining starteten, so wie der Coach es ihnen beim ersten Besuch der Mucki-Bude geraten hatte. Trotzdem waren sie bereits in Schweiß gebadet. Er für seinen Teil hatte eigentlich mit Herz-Kreislauf-Ausdauertraining vollauf genug. Er wollte fitter werden, aber extra große Muskeln brauchte er nicht. Mario glaubte ohnehin nicht daran, dass ihm breitere Schultern oder ein dicker Bizeps mehr Chancen bei den Frauen einräumen würden. Mit seinen roten Haaren und den Sommersprossen war er so oder so nicht unbedingt ein Traumtyp, fand er.

»Ich dachte, du willst dich auf dein Studium konzentrieren?«, kam es prompt ein wenig atemlos von Oliver.

»Mach ich auch. Ich wollte ja nur deine Meinung hören!«

»So genau habe ich sie mir nicht angesehen«, wich sein Freund neuerlich aus. Mario grinste und wischte sich mit dem Handtuch den Schweiß von der Stirn, bevor er ihm in die Augen laufen konnte.

»Wer's glaubt. Ich dachte schon, du hast dir neuerdings einen Röntgenblick zugelegt.«

»Es gehört zum Bad Boy-Rollenbild, sie so von oben herab zu scannen. Das hab ich oft genug bei Kevin gesehen. Ich mache genau das, was er auch tun würde. Ist gar nicht so schwer.«

»Und was versprichst du dir davon?«

»Das macht die Mädchen heiß. Jedenfalls behauptet er das, und der Erfolg scheint ihm recht zu geben.«

Mario schüttelte den Kopf. »Ich glaube nicht, dass das funktioniert. Zumindest nicht bei Carolin. Sie fand dich einfach nur mies drauf«, teilte er seinem Freund dann grinsend mit.

Oliver kam aus dem Tritt und rutschte aus dem Pedal. »Das hat sie gesagt?«

»Wortwörtlich. Ich bin mal gespannt, was der Abend so bringt. Übertreib es nicht, okay? Dass sie uns einlädt, finde ich nämlich ziemlich nett und ich will keinen Stress in der Nachbarschaft.«

Oliver warf ihm einen erstaunten Blick zu. »Ich dachte, wir wären uns einig, dass wir als liebe Jungs nicht ankommen und was an unserem Image ändern müssen?«

»Ich weiß nicht. So im ersten Moment klang das recht plausibel, aber als ich gestern sah, wie sie dir nachgeguckt hat ... Als ob sie dachte: ›Schade, dass der Typ so ein arroganter Arsch ist.‹«

Sein Freund schüttelte unwillig den Kopf. »Du weißt, wie viele Freundinnen mich fallen lassen haben, weil ich ihnen zu nett war. Mach, was du willst, ich bleibe dabei. Und jetzt geht es ans Hanteltraining!« Voll motiviert stieg Oliver vom Ergometer und wischte sich den Schweiß von Gesicht und Nacken. Mario folgte ihm eher widerwillig zu den Geräten.

Drei Stunden später ließ ihnen der Duft, der bereits bis ins Treppenhaus strömte, das Wasser im Mund zusammenlaufen. Die zierliche Blondine öffnete ihnen die Tür.

»Hey, ich bin Sonja, kommt rein. Caro ist in der Küche beschäftigt.« Sie reichte ihnen nacheinander die Hand. Mario und Oliver betrachteten sie wohlwollend, während sie vor ihnen her in den Wohnraum ging. Diesmal trug sie die langen, seidigen Haare hoch auf ihrem Hinterkopf zu einem Pferdeschwanz zusammengebunden, der frech wippte, wenn sie sich bewegte. Ein Top schmiegte sich an ihre schmale Taille und enge Jeans betonten ihren perfekten, kleinen Apfelhintern. Die beiden Männer warfen sich ein anerkennendes Zwinkern zu.

»Schön, dass ihr da seid«, begrüßte sie nun auch die Gastgeberin. »Macht es euch bequem. Ich hatte ja gehofft, dass wir draußen essen können, aber nachdem es regnet ...« Caro ließ den Satz unbeendet und machte eine einladende Geste zu dem kleinen Tisch hin, auf dem bereits aufgedeckt war. »Ich dachte, es ist das Einfachste, ich mache eine große Pizza mit unterschiedlichen Bereichen. Dann kann sich jeder aussuchen, was ihm schmeckt.«

»Perfekt«, stellte Mario fest. »Es riecht jedenfalls schon äußerst verführerisch.«

»Wer macht den Wein auf?« Sonja hielt den Öffner hoch und Oliver griff zu. Er hatte noch kein Wort gesprochen.

»Kann ich dir helfen?«, fühlte sich Mario bemüßigt, Caro zu fragen, die gerade geriebenen Käse auf einer großen, eckigen Pizza verteilte. Sie lächelte ihn an.

»Nein, danke. Das erste Blech ist schon fertig. Setz dich doch!«

Trotzdem blieb er bei ihr stehen und sah ihr zu, wie sie in dicke Küchenhandschuhe schlüpfte und das Backblech aus dem Ofen holte. Sie ließ die Pizza auf ein großes Holzbrett gleiten und zerteilte sie geschickt in kleinere Abschnitte. Dann schob sie die Zweite ins heiße Backrohr.

»Was machst du denn beruflich?«, fragte Sonja gerade Oliver, der sich lässig zurückgelehnt und die Arme vor der Brust verschränkt hatte.

»Ich habe mit Geld zu tun«, antwortete er.

»Das haben Bankräuber auch«, stellte sie munter fest. »Was genau?«

»Bist du immer so neugierig?«, fragte er zurück und Mario schüttelte innerlich den Kopf. Das wurde langsam wirklich anstrengend. Oliver fand seinen Job offenbar zu langweilig für einen Bad Boy.

»Ich bin Angestellter in einer Bank. Kreditvergabe«, brummte er nun widerwillig.

»Und was genau ist daran so schlimm? Ich schätze mal, das ist ein verantwortungsvoller Job. Schließlich musst du bewerten, ob jemand kreditwürdig ist oder nicht.« Sonja griff nach dem ersten Stück Pizza und hob es an die Lippen.

»Vorsicht heiß«, mahnte Caro fürsorglich. »Würdest du bitte den Wein eingießen?«, wandte sie sich dann an Mario.

»Auf eine angenehme Nachbarschaft«, sagte sie lächelnd, als jeder sein Glas in die Hand genommen hatte und sie bereit waren, miteinander anzustoßen.

»Angenehme Nachbarschaft«, wiederholte Mario und fügte hinzu: »Danke für die Einladung!«

»Und was machst du?«, wandte sich Sonja an ihn, sobald sie den Mund wieder leer hatte.

»Ich studiere Medizin.«

»Welche Fachrichtung peilst du denn an?«

»Gynäkologie und Geburtshilfe.« Er nahm einen herzhaften Biss von seiner Pizza.

»Oh wow, toll! Papas Traumschwiegersohn«, stellte Sonja grinsend fest und Mario verschluckte sich prompt. Sie kicherte. »Sorry, ich wollte dich nicht erschrecken! Mein Vater ist ärztlicher Leiter und Teilhaber einer Kinderwunsch- und Gebärklinik. Eigentlich hätte ich auch Ärztin werden sollen, aber ich hab einfach nicht das Zeug dazu. Jetzt bin ich Verwaltungsassistentin in der Klinik. Das war ein harter Schlag für ihn, besonders weil Tom, mein älterer Bruder, sich auch nicht für Medizin interessiert, sondern ein Techniker durch und durch ist.«

»Man kann es seinen Eltern nicht immer recht machen«, stellte Oliver trocken fest. »Ich hätte in die Autowerkstatt meines Vaters einsteigen sollen, aber ich kann mit Zahlen eindeutig besser umgehen als mit Werkzeug. Womit verdienst du deine Brötchen?«, fragte er Caro, die als Einzige noch nichts von sich erzählt hatte.

»Ich bin tierärztliche Assistentin. Mein Traumberuf wäre Tierärztin gewesen, aber es hat nicht sollen sein.«

»Warum nicht?«

Erleichtert stellte Mario fest, dass sein Freund zunehmend seine Rolle vergaß und seine Miene so offen wurde, wie es sonst seine Art war.

»Meine Mutter war alleinerziehend. Wir hätten das finanziell nicht geschafft.« Caro sagte es leichthin, trotzdem war spürbar, dass es ihr noch immer leidtat. »Das Wichtigste ist für mich, Tieren helfen zu können.« Sie biss ein kleines Stück ab und kaute nachdenklich. »Manchmal bin ich ganz froh, keine schwerwiegenden Entscheidungen treffen zu müssen, sondern einfach nur zu unterstützen.«

»Da musst du aber auch mit Menschen gut umgehen können«, stellte Mario anerkennend fest. »Die Frauchen und Herrchen befinden sich bestimmt auch manchmal in einer Ausnahmesituation. Das stelle ich mir schwierig vor. »

Caro nickte. »Ja, das stimmt. Mitfühlend zu sein und sich gleichzeitig nicht von ihrer Aufregung anstecken zu lassen, ist oft eine Herausforderung.«

Überraschend schnell verschwanden die Pizzastücke, während sie sich unterhielten. »Oh, ich muss mal sehen, was der Nachschub macht. Ich hoffe, ihr habt noch Hunger!« Caro sprang auf und kehrte kurz darauf mit einer weiteren Ladung zum Tisch zurück.

»Das schmeckt unglaublich lecker!«, stellte Sonja fest und griff zu.

»Gut, dass wir heute schon im Fitnessstudio waren«, stellte Mario grinsend fest. »Da können wir uns ein paar Extrakalorien erlauben.«

»Ja, du überhaupt«, ätzte sein Freund. »Du hast ja nur das halbe Trainingsprogramm absolviert.«

»Jeder, wie er kann. Wir haben doch gerade erst damit angefangen. Ich muss mich langsam steigern«, verteidigte sich Mario gutmütig.

»Bloß nicht zu viel«, rutschte Caro heraus.

»Ja, genau. Du bist ja der Meinung, Oliver sieht gut aus, so wie er ist.« Sonja handelte sich für ihre

Indiskretion einen bösen Blick von ihrer Freundin ein, deren Wangen einen rötlichen Schimmer bekommen hatten. »Obwohl ja eine gewisse Ausdauer durchaus wünschenswert ist.« Sie zwinkerte den Männern anzüglich zu.

»Könnte es sein, dass du den Wein nicht verträgst?«, erkundigte sich Carolin spitz. »Vielleicht solltest du auf Wasser umsteigen.«

»Nein, das hat nichts mit dem Alkohol zu tun. Du weißt doch, ich benehme mich ganz gern etwas daneben. Das ist viel lustiger als streng nach Protokoll.« Sie lächelte Oliver und Mario zu. »Oder habt ihr es lieber steif und langweilig? Ich kann auch anders.« Sie nahm die Ellenbogen vom Tisch, straffte den Rücken und machte den Nacken lang. Sie nahm einen winzigen Bissen von ihrer Pizza, während sie die Finger geziert abspreizte. »Meine Mutter legt sehr viel Wert auf standesgemäßes Verhalten«, sagte sie dann in hochnäsigem Tonfall. »Schließlich gehören wir zur besseren Gesellschaft. Sie stammt aus deutschem Adel und bildet sich weiß Gott was darauf ein. Dabei will sie mit der ganzen Familie eigentlich nichts mehr zu tun haben. Bisschen schizophren, wenn ihr mich fragt!« Während sie sprach, kehrte sie zu ihrer normalen Redeweise zurück und fuchtelte unmissverständlich vor ihrer Stirn herum, um auszudrücken, was sie von den Ansichten ihrer Mutter hielt. »Ihr könnt euch nicht vorstellen, wie nervig sie sein kann!«

»Das Schöne am Erwachsensein ist, dass wir uns von unseren Familien abnabeln und unser Leben nach eigenen Vorstellungen gestalten können.« Oliver machte den Eindruck, als ob er seinem Elternhaus recht gerne entflohen war.

»Das sagt sich so leicht. Ich wohne ja zu Hause, also habe ich mich nach ihren Vorgaben zu richten.«

»Warum das denn, wenn es dich so nervt?«, fragte Mario erstaunt.

»Das Haus ist riesig und es stand nie zur Debatte, dass Tom oder ich ausziehen sollten.«

»Ist dir der goldene Käfig doch lieber, als dich selbst um alles zu kümmern?« Oliver grinste etwas provokant und Carolin fiel in diesem Moment auf, wie nett und umgänglich er die letzte halbe Stunde gewesen war.

Sonja starrte ihn an. Sogar das Pizzastück in ihrer Hand hatte sie vergessen. »Du hast recht! Warum bin ich selbst nie auf die Idee gekommen? Ich meine, ich bin fünfundzwanzig! Da braucht sich doch niemand zu wundern, wenn ich auf eigenen Beinen stehen will, oder?« Sie wirkte plötzlich sehr aufgeregt. Hektisch wischte sie sich eine zarte Haarsträhne aus der Stirn. »Oh Mann, das fühlt sich gut an! Ich werde mir eine eigene Wohnung suchen!«

»Überstürze nichts«, versuchte Carolin, ihre Freundin zu bremsen. Sie hatte oft genug miterlebt, dass sie zu unüberlegten Handlungen neigte.

Sonja grinste vergnügt. »Ich doch nicht! Mama kriegt die Krise, wenn sie mich aus ihren Fängen entlassen muss!«

Mario verteilte den letzten Rest des Rotweins auf die Gläser und Oliver betrachtete sein fast leeres Glas missmutig. »Was haltet ihr davon, wenn ich Nachschub hole? Ich hab noch welchen.« Er wartete ihre Antwort gar nicht ab, sondern war schon aufgestanden und auf dem Weg zur Tür. Carolin folgte ihm.

»Warte, das Schloss klemmt ein wenig, da gibt es einen Trick.« Mit einer Hand zog sie die Tür an der Klinke zu sich heran, während sie den Schlüssel umdrehte. Trotzdem knackte es bedrohlich.

»Das gehört geölt, dann geht es leichter. Irgendwann brichst du sonst den Schlüssel ab«, stellte Oliver fest. »Außerdem muss man das hier festschrauben, sonst hast du irgendwann die Klinke in der Hand.«

Als er aus seiner Wohnung kam, trug er die Weinflasche unter den Arm geklemmt und in der Hand hatte er eine kleine Sprayflasche und einen Schraubenzieher.

»Nimm mir bitte mal den Wein ab«, wies er sie an, dann zog er die lose Schraube an und sprühte in das Türschloss. Prüfend bewegte er den Schlüssel einige

Male hin und her. Nun ließ er sich beinahe geräuschlos drehen.

»Besser«, nickte er befriedigt und legte das Werkzeug auf dem Schuhschrank ab. »Was?«, fragte er, als er Carolins überraschten Gesichtsausdruck bemerkte.

»Anfangs hielt ich dich für einen ziemlichen Miesepeter, aber du scheinst ja richtig nett zu sein!«

Seine Miene verfinsterte sich so plötzlich, als hätte jemand einen Schalter betätigt. »Quatsch. Bin ich überhaupt nicht!«

Er riss ihr die Weinflasche aus der Hand und ließ sie völlig verdutzt stehen. Kopfschüttelnd folgte sie ihm ins Wohnzimmer.

»Seht mal, zwei Stücke haben wir euch übrig gelassen.« Mario deutete auf die Reste. »Die Pizza war sensationell, Carolin! Großes Kompliment.«

Oliver hatte sich wieder auf seinen Stuhl fallen lassen und griff danach. »Ja, die hast du ganz ordentlich hinbekommen. Für eine Frau, meine ich. Die besseren Köche sind doch die Männer, das ist ja erwiesen.« Nun hatte er wieder den arroganten, kühlen Tonfall angeschlagen und Mario verdrehte die Augen.

»Ja, du besonders! Letztens sind dir sogar die Würstchen beim Wärmen im Wasser aufgeplatzt«, erinnerte er ihn.

»Männer brauchen nicht zu kochen. Da findet sich doch immer jemand, der das erledigt. Als Gegenleistung für ein bisschen körperliche Zuwendung und Schmeicheleien.«

Die beiden Frauen sahen sich fassungslos an.

»Sag mal, ist bei dir eine Schraube locker?«, fand Sonja als Erste die Sprache wieder. »Hast du deinen netten Zwilling in der Wohnung eingesperrt?«

»Es gibt keine ›nette‹ Ausgabe von mir.« Oliver spuckte das Wort förmlich aus. »Nur mich. Wer nett ist, bleibt übrig. Nett sind nur Idioten. Richtige Männer nehmen sich, was sie haben wollen.«

»Wer hat dir denn diesen Schwachsinn eingeredet?«, wollte sie wissen.

»Wenn du das wirklich denkst, bist du bei mir an der falschen Adresse«, stellte Carolin fest. »Ich habe von solchen Typen die Nase gestrichen voll. Besonders seit ich mitbekommen habe, wie sich das längerfristig auswirkt, wenn man sich zu viel gefallen lässt.«

»Was meinst du?«, hakte Mario nach.

»Meine Mutter ist auf einen totalen Macho hereingefallen. Anfangs fand sie es schön, eine starke Schulter zum Anlehnen zu haben, nachdem wir uns viele Jahre alleine durchkämpfen mussten. Aber er wurde immer bestimmender und jetzt ... Er hat sie komplett umgedreht und sie ist kaum mehr wiederzuerkennen.« Während sie erzählte, wurde ihr wieder bewusst, wie sehr sie das alles belastete. »Nun macht sie keinen Schritt mehr, ohne ihn zu fragen. Er bestimmt, was sie anziehen soll, was sie kocht und mit wem sie sich treffen darf. Sie hat ihm zuliebe ihre Haare blond gefärbt, und er hat sie dazu überredet, ihre Lippen aufspritzen und den Busen vergrößern zu lassen. Kohle hat er ja genug. Von der starken Frau, zu der ich mal aufgesehen habe, ist nichts mehr übrig.« Sie kämpfte mit den Tränen. Sonja legte ihre Hand auf Carolins, während diese weitersprach. »Ich kann Frank nicht ausstehen, doch ich wollte sie auch nicht mit ihm alleine lassen. Aber natürlich hat er darauf gedrängt und sie unter Druck gesetzt, dass ich wegmusste.«

»Das ist wirklich Scheiße, tut mir leid!« Mario war echt betroffen und froh, dass sein Freund den Mund hielt. ›Wenn er noch so einen Macho-Spruch loslässt, schmeißt uns Carolin raus. Völlig zu Recht!‹

Stattdessen griff Oliver nach seinem Glas und leerte es mit einem Zug. »Er hat sie zu seiner Marionette gemacht. Wie erbärmlich«, sagte er in die entstandene Stille hinein. »Jemanden zu unterdrücken, ist kein Zeichen von Stärke.«

Die Mädchen sahen zuerst ihn, dann einander verblüfft an. Seine Aussagen waren so konträr, dass sie sich langsam fragten, was mit ihm nicht stimmte. Sonja hatte das Bedürfnis, die Situation aufzulockern.

»Wer will Dessert? Wir haben gemeinsam Cupcakes gebacken. Na ja, von mir stammt die Verzie-
rung ...«

Kapitel 5

Carolin zog den Reißverschluss ihres hellblauen Arbeitskittels hoch. Matthias fand, dass nüchternes Weiß zu einschüchternd für eine Tierarztpraxis war. Aus dem Wartebereich war das anklagende Miauen einer Katze zu hören, als die Türglocke einen Neuankömmling ankündigte. Sie drückte auf den Öffner und schob den kleinen Vorhang zur Seite, damit sie durch die Scheibe ins Wartezimmer sehen konnte. Überrascht erkannte sie Oliver und registrierte, dass sich ihr Herzschlag ein wenig beschleunigte. Mit keinem Wort hatte sie erwähnt, bei welchem Tierarzt sie arbeitete. Es musste also Zufall sein, dass er ausgerechnet hier auftauchte. Seit dem etwas seltsam verlaufenen Pizza-Abend vor zwei Tagen hatte sie ihn nicht mehr gesehen. Gleichzeitig mit ihm war eine ältere Dame eingetreten, die einen kleinen Hund auf dem Arm trug, der vor Schmerzen winselte.

Herr Doktor Wasner trat vom hinteren Bereich der Praxis ein, wo sich seine Wohnräume befanden.

»Guten Morgen, Caro. Dann gehen wir`s mal an!«, meinte er gut gelaunt. »Was steht an?«

Sie arbeitete gerne für ihn. Es war deutlich zu spüren, dass er seine Arbeit liebte, und nur sehr selten brachte ihn etwas aus der Ruhe.

»Eine Katze wartet auf ihre jährliche Impfung. Aber soeben scheint ein Notfall hereingekommen zu sein.« Sie sah ihn fragend an.

»Na, dann sehen wir uns den zuerst an.« Er ging selbst zur Tür und begrüßte die Wartenden. »Was ist passiert?«, fragte er die sichtlich aufgeregte alte Dame.

»Der junge Mann hat meine Sissy angefahren und jetzt kann sie nicht mehr laufen!«

Carolin erschrak und sie fragte sich sofort, wie das wohl passiert war. Doch zunächst war nur wichtig, dem Hund zu helfen. Der Tierarzt wandte sich an die Katzenbesitzerin, die schon länger wartete, aber die nickte nur verständnisvoll. Dann bat er Oliver und die Hundehalterin ins Behandlungszimmer. Caro schloss die Tür hinter ihnen. Sie warf ihrem Nachbarn nur einen schnellen Blick zu und stellte fest, dass er blass war und der Schreck ihm in den Gliedern zu sitzen schien. Dann lenkte sie ihre Aufmerksamkeit vollkommen auf die kleine Patientin und ihre Arbeit. Behutsam und mit kundigen Griffen tastete Matthias den zitternden Körper ab. »Ah, ich denke, das haben wir gleich. Caro, hältst du sie vorne?«

Carolin legte beide Hände um Brustkorb und Kopf des Hundes und fixierte ihn an ihrem Bauch. Es gab einen kurzen Ruck, Sissy jaulte für einen Moment auf, dann war sie still. Der Tierarzt untersuchte die Hüfte noch einmal und nickte dann befriedigt. »Das

Bein dürfte durch den Aufprall aus dem Hüftgelenk gesprungen sein. Ich habe es wieder eingerichtet. Lass sie mal los, Carolin.«

Der Hund machte einige vorsichtige, trippelnde Schritte auf dem Behandlungstisch, als ob er der Sache noch nicht so ganz traute, dann fing er an, mit dem Schwänzchen zu wedeln und Caros Hand abzulecken.

»Beim Herrn Doktor musst du dich bedanken, Süße, nicht bei mir«, lachte sie erleichtert und streichelte das Tier.

»Ist wieder alles in Ordnung?«, fragte die alte Dame ungläubig.

»Es sieht so aus. Wahrscheinlich hat sie auch eine leichte Prellung, aber mit ein bisschen Schonung wird das schnell wieder. Lassen Sie sie in den nächsten Tagen nirgends hinaufspringen und keine Treppen steigen, bis sich das Gelenk wieder vollkommen stabilisiert hat«, gab er freundlich seine Anweisungen.

»Sie sind noch nicht in unserer Kartei, oder?«, fragte Caro nun und nahm hinter dem Pult mit dem Computer Platz, das sich im selben Raum, gleich neben der Tür zum Wartezimmer, befand.

»Nein, noch nicht, aber ich komme beim nächsten Impftermin sehr gerne wieder hierher.« Sie lächelte dem jungen Tierarzt begeistert zu.

Oliver hatte die ganze Zeit nichts gesagt. Nun trat er an den Tresen. »Die Rechnung für die Behandlung übernehme ich. Schließlich war es ja meine Schuld, dass wir überhaupt hier gelandet sind.« Es war ihm sichtlich unangenehm, so vor Caro zu stehen.

»Nein, das war es nicht«, erwiderte die Hundehalterin kleinlaut. Er sah sie überrascht an. »Ich weiß, ich hab Sie dafür verantwortlich gemacht, aber das war nur im ersten Schock. Eigentlich hätte ich Sissy besser festhalten sollen.« Sie wandte sich erklärend an Caro und den Arzt. »Ich hatte mit einer Bekannten geplaudert und nicht darauf geachtet, dass die Leine zu lang war. Die Kleine lief zwischen zwei Autos hindurch bis auf die Fahrbahn. Der junge Mann konnte sie gar nicht rechtzeitig sehen.« Sie lächelte Oliver entschuldigend an. »Es war sehr anständig von Ihnen, anzuhalten und dann auch noch die nächste Praxis ausfindig zu machen. Danke! Ich weiß nicht, was ich in meiner Aufregung ohne Sie gemacht hätte!« Sie zückte ihre Börse und bezahlte. Oliver bot ihr an, sie heimzufahren.

»Ich habe an meinem Arbeitsplatz ohnehin schon Bescheid gesagt, dass ich später komme, da spielen ein paar Minuten mehr auch keine Rolle mehr. Sissy soll sich ja schonen.«

Carolin freute sich von Herzen, dass die ganze Geschichte so glimpflich verlaufen war.

»Und du bist doch ein Netter, da kannst du sagen, was du willst!«, raunte sie ihm zu, als er hinausging. Dann bat sie die Dame mit der Katze ins Behandlungszimmer.

♥

»Und jetzt bist du der Held des Tages!« Mario prostete Oliver zu. Der zuckte mit den Schultern.

»Wenn du es so sehen willst? Ich bin jedenfalls heilfroh, dass dem Hund nichts Gröberes passiert ist. Aber musste ich ausgerechnet den Tierarzt erwischen, bei dem unsere Nachbarin arbeitet?«

Mario grinste. »Ja, wird schwierig mit deinem Bad Boy-Scheiß. ›An ihren Taten sollt ihr sie erkennen‹«, zitierte er einen Bibelspruch.

Carolin wollte eben auf den Balkon treten und hielt mitten im Schritt inne, als sie die beiden reden hörte. Was meinte Mario damit? Schon sprach er weiter und sie spitzte die Ohren.

»Das Ganze ist doch ohnehin Kacke. Wenn mich eine Frau nur mag, wenn ich eine Show abziehe, kann sie mir gestohlen bleiben. Anja hat dich gar nicht verdient, das sag ich dir als dein Freund.«

»Ach Anja, die ist doch längst Geschichte! Weißt du was? Sie hat mich vorhin angerufen. Kev hat schon die Nächste am Start und sie wollte zu mir zurück. Warum glauben alle, wer nett ist, muss automatisch auch ein Idiot sein, der alles mit sich machen lässt?«

Carolin hatte genug gehört und trat hinaus. »Ich glaube das nicht. Aber wenn du mit dem Wort ›nett‹ ein so großes Problem hast, dann ersetze es mit liebenswert. Ich weiß nicht, was du dir davon versprichst, andere vor den Kopf zu stoßen, aber wenn du gerade mal darauf vergisst, dich wie ein Arsch zu verhalten, bist du richtig ... liebenswert.« Um ein Haar hätte sie schon wieder nett gesagt. Mario fing an zu applaudieren.

»Ich hätte es nicht besser sagen können!«

»Danke. Ich habe Käsecracker gebacken. Wollt ihr welche im Tausch gegen ein Glas Wein?«

»Gerne auch zwei Gläser, wenn du magst.« Nun ließ Oliver seine Maske endgültig fallen. Sein Lächeln fuhr ihr wie ein Blitz mitten ins Herz. Schon seit ihrer Begegnung am Morgen in der Praxis hatte Carolin immer wieder an ihn gedacht. Doch nun machte es endgültig Klick und ihr wurde klar, dass er sich trotz seines widersprüchlichen Verhaltens in ihr Herz geschlichen hatte. Ihre Hände zitterten ein wenig, als sie die knusprigen, noch lauwarmen Cracker in zwei Schüsseln füllte. ›Ich weiß doch kaum etwas über ihn. Wie ist er wirklich? Und interessiert er sich überhaupt für mich? Die Trennung von dieser Anja scheint ja noch nicht lange her zu sein.‹

Als sie wieder ins Freie trat, hatten die Männer ihren Tisch ganz an das Geländer geschoben, das ihre Balkone trennte. Sie reichte eine Schüssel hinüber und schob dann ihren eigenen Tisch dazu. Über die Brüstung hinweg prosteten sie sich lächelnd zu und in Carolins Bauch tanzten eine ganze Schar Schmetterlinge Walzer.

Oliver ging es ähnlich. Er stellte fest, dass Carolin grüne Augen mit goldenen Sprenkeln hatte. Sie am Morgen bei ihrer Arbeit zu beobachten, hatte ihn fasziniert. Ihre Ernsthaftigkeit und die freundliche, ruhige Art, mit der sie agierte, fand er sehr anziehend. Als er sich daran erinnerte, wie sanft, aber bestimmt sie den Hund gehalten hatte, stiegen Gedanken in ihm auf, die im Moment ganz und gar unpassend waren. Er wünschte sich, ihre zarten Hände würden ihn streicheln und er hätte seinen Kopf gerne an ihren Bauch geschmiegt. Oder an ihre hübschen Brüste. Unauffällig ließ Oliver den Blick über ihr eng anliegendes Top und die weich fallende Hose gleiten, die sich locker um ihre Hüften schmiegte. Er fand sie alles in allem sehr attraktiv gerundet, genau so, wie er das mochte. Sein Körper reagierte prompt und er musste sich ein wenig anders hinsetzen, um seinen erwachenden Penis in eine erträgliche Position zu bringen. Was für ein Glück, dass sie ihm sein dämliches Verhalten nicht nachtrug. Vielleicht hatte er seine Chancen bei ihr doch noch nicht verspielt?

Wenig später kam auch Sonja dazu. Sie hatte eine ganze Kiste Bier dabei, die sie ächzend auf den Boden stellte. »Ich dachte mir, ich kaufe mal ein. Soll ich sie im Abstellraum deponieren?«

»Ja, und stelle gleich wieder welches kalt, wenn du dir eines aus dem Kühlschrank nimmst.«

»Du bist ein Schatz, ich liebe dich!«, rief Sonja theatralisch und drückte ihrer Freundin einen schmatzenden Kuss auf die Wange.

»Und du ein verrücktes Huhn«, lachte Caro. Sie hörten Sonja rumoren, doch kurze Zeit später gesellte sich die quirlige Blondine mit einem gefüllten Bierglas in der Hand zu ihnen. Die perfekte Schaumkrone verriet, dass sie wusste, worauf es ankam.

»Ihr habt es euch ja richtig gemütlich gemacht. Hab ich was verpasst?«

Rasch erzählte Carolin von den Ereignissen des Morgens. Sonja nickte Oliver anerkennend zu. »Leider ist es wirklich nicht selbstverständlich, dass ein Fahrer stehen bleibt, wenn er ein Tier angefahren hat, egal ob unschuldig oder nicht. Als ich klein war, wollte ich unbedingt eine Katze haben. Mama hat sich lange gewehrt, aber irgendwann brachte mein Vater einfach eine mit nach Hause. Ich war so glücklich! Das war das schönste Geschenk, das ich jemals bekommen hatte. Leider wurde ich zwei Jahre später Augenzeugin, wie sie überfahren wurde. Der Mann hat mich mit dem sterbenden Tier alleingelassen, obwohl er mich gesehen hatte. Davon hatte ich lange Albträume und meine Ma ein gutes Argument, dass ich kein Tier mehr haben durfte.« Sie betrachtete für einen Moment gedankenverloren, wie die Abendsonne durch das goldgelbe Getränk hindurchschien, dann nahm sie einen großen Schluck von ihrem Bier. »Aber wenn ich dann eine eigene Wohnung habe, hole ich mir eine Katze aus dem Tierheim. Oder gleich zwei, damit sie nicht so alleine ist, wenn ich nicht da bin.«

»Mach das«, stimmte ihr Carolin zu. »Du bist bestimmt eine gute Katzenmama.«

»Denkst du?«, fragte Sonja erfreut. »Meine Mutter meint, ich sollte endlich mal lernen, Verantwortung zu übernehmen. Aber wie kann ich das, wenn sie mir ständig vorschreibt, was ich tun soll?«

»Ich habe da so eine Idee«, übernahm Mario das Gespräch. »Du hast doch letztens erzählt, dass du fast jeden Abend hier bei Caro bist. Was wäre denn, wenn ihr auch eine WG macht wie wir? Die Wohnungen sind genau gleich groß und bei uns funktioniert es prima.«

Sonja und Caro sahen zuerst ihn, dann einander verblüfft an.

»Würdest du das wollen?«, fragte die Blondine ungewöhnlich zaghaft. »Ich kann eine ziemliche Nervensäge sein.«

Carolin lachte. »Das ist mir schon aufgefallen, aber ich hab dich trotzdem lieb. Oder gerade deshalb, keine Ahnung.« Sie runzelte nachdenklich die Stirn. »Wir könnten es doch einfach mal ausprobieren und wenn es nicht funktioniert, schicke ich dich wieder zu deinen Eltern zurück.«

Sonja verzog das Gesicht. »Das ist gemein, dann kannst du mich die ganze Zeit erpressen.« Im nächsten Moment kicherte sie. »Ich werde so nett und lieb sein, dass du nie wieder ohne mich leben willst.«

Die beiden Freundinnen sahen sich lächelnd an. »Ich denke, das könnte eine geniale Geschichte werden«, meinte Carolin. »Du kannst von daheim weg, ich bin nicht so alleine und die Miete ist, geteilt durch zwei, auch erschwinglicher. Sind hier im Haus Tiere erlaubt? Wisst ihr das?«, wandte sie sich an die Männer.

Oliver nickte. »Ja, im dritten Stock gibt es einen kleinen Hund und auf einem Balkon im ersten Stock sieht man hin und wieder einen dicken roten Kater sitzen. Also, ich nehme an, dass es einer ist. Er sieht genau aus wie Garfield.«

»Wo hast du heute eigentlich deinen bösen Zwilling versteckt?«, fiel Sonja auf einmal auf.

Der dunkelhaarige Mann biss sich auf die Lippen. »Den hab ich weggesperrt. Er hat zu viel genervt.«

»Gute Idee.« Sie hob zustimmend den Daumen. »Fand ich auch. Nein, im Ernst, darf ich dich was fragen? Warum bist du manchmal so seltsam drauf? Ist das eine psychische Störung wie bei Dr. Jekyll und Mr. Hyde und wir sollten uns in Acht nehmen vor dir?«

Alle lachten, so unsinnig klang das, und dann erzählten Oliver und Mario abwechselnd, wie es zu der Bad Boy-Rolle gekommen war.

Sonja winkte ab. »Lass es. Sie steht dir nicht. Und dir, Mario, schon gar nicht. Ihr seid die klassischen netten Jungs von nebenan, in die man sich so nach und nach verliebt, ohne dass man es richtig merkt.« Sie hatte es leichthin und im Spaß gesagt, doch dann fiel ihr auf, dass ihre Freundin plötzlich verdächtig rote Wangen bekam und ihr Blick zu Oliver wanderte.

»Hast du noch etwas von diesen herrlichen, knusprigen Käsecrackern?«, fragte sie eilig, um vom Thema abzulenken, auch wenn sie darauf brannte, Carolin auszuquetschen. Offensichtlich hatte sie mehr verpasst, als ihr bewusst gewesen war.

»Nein, leider, das waren die Letzten.«

»Wir könnten Popcorn beisteuern«, bot Mario an. »Aber ich muss es erst in die Mikrowelle stecken.«

»Und ich hole noch eine Flasche Wein.« Oliver war bereits aufgesprungen und ging mit ihm in ihre Küche.

»Hast du das auch bemerkt? Den Blick, den mir Caro zugeworfen hat?«

Mario schüttelte die Maiskörner in der Packung auf und legte sie in den Mikrowellenofen. Er schloss die Tür und stellte die Zeit ein, bevor er auf den Startknopf drückte. Erst dann wandte er sich seinem Freund zu, der halb auf dem Tisch saß.

»Ja, ist mir aufgefallen. Sieht so aus, als ob sie auf dich abfährt, du Glückspilz. Ich hab dir doch gesagt, dass das mit dem Bad Boy ...«

Oliver unterbrach ihn mit einer wegwerfenden Handbewegung. »Jaja, längst kapiert. Ich hab das ohnehin nicht drauf und es ist höllisch anstrengend, sich ständig zu verstellen. Caro ist echt super und ich will es nicht vermasseln.«

Mario nickte zustimmend. »Das fände ich auch schade. Wir könnten doch zu viert weggehen, das ist zwangloser, als wenn du sie um ein Date bittest. Oder willst du lieber mit ihr alleine sein?«

»Nein, zu viert wäre super. Sonjas Mundwerk lässt gleich gar keine Verlegenheit aufkommen.«

»Okay, dann machen wir das klar.« Sie warteten, bis das Popcorn aufhörte zu knattern. Er nahm die Packung heraus und öffnete sie vorsichtig. »Scheiße, ist das heiß«, schimpfte er, als der Dampf entwich. Oliver holte eine Schüssel aus dem Küchenschrank und stellte sie ihm hin.

»Vergiss den Wein nicht!«, ermahnte ihn Mario. »Du bist ja wirklich ganz woanders mit deinen Gedanken.«

»Stimmt«, gab ihm Oliver recht und lächelte ver-
träumt. »Bei einer süßen Frau mit wunderschönen
grünen Augen.«

Kapitel 6

Oliver stand vor dem Spiegel und betrachtete prüfend seine Haare. Sollte er mal wieder zum Frisör gehen, oder gefielen sie Carolin besser, wenn sie etwas länger waren? Er strich sich übers Kinn. Rasieren oder nicht?

»Mensch, Olli, ich muss auch mal ins Bad. Mach weiter!«, ertönte eine Stimme hinter ihm.

»Rasieren oder stehenlassen?«, fragte er Marios Spiegelbild, das neben ihm aufgetaucht war. Sein Mitbewohner tat ihm den Gefallen, die Antwort ernsthaft abzuwägen.

»Ich würde ihn nur ein wenig in Form bringen und ein wenig ausrasieren, besonders am Hals. Das geht gar nicht.«

Oliver vertraute Mario bei Stilfragen. Da ihm seine Haarfarbe von Kindheit an mehr Aufmerksamkeit eingebracht hatte, als ihm lieb war, hatte er sich früh angewöhnt, auf sein Äußeres zu achten. ›Wenn schon auffallen, dann positiv‹, war seine Devise.

Schnell war der Rasierapparat zur Hand und versah surrend seinen Dienst. Er spülte die Bartstoppeln in den Abfluss, denn da war sein Freund sehr pingelig. Zufrieden überließ Oliver ihm anschließend das Badezimmer.

Er schlüpfte in schwarze Jeans. In der Bank trug er fast immer Stoffhose, Hemd und Jackett. Auf die Krawatte durfte er glücklicherweise verzichten.

Shirt oder Hemd? Oliver schüttelte über sich selbst den Kopf. Wann hatte er sich zuletzt so viele Gedanken über sein Outfit gemacht? Es war ihm klar, dass es ihn mit Caro ziemlich erwischt hatte. Sie war super süß, hübsch und großzügig. Mittlerweile hatte er mitbekommen, dass sie durch ihren Halbtagesjob Geldprobleme hatte, doch für ihre Freunde – und dazu zählte sie ihn und Mario offenbar mittlerweile – gab es zum gemütlichen Tagesausklang immer etwas Feines, Selbstgemachtes zum Naschen oder Knabbern. Ihre fantasievoll verzierten Cupcakes waren ebenso begehrt wie ihre pikanten Kreationen. Einmal hatte sie ihm erlaubt, wenigstens die Zutaten einzukaufen, als er und Mario sich wieder diese sensationell leckeren Käsecracker gewünscht hatten. Bei dieser Gelegenheit hatte er sich in ihre hübsche, ordentliche Handschrift verliebt. Den Einkaufszettel trug er noch immer in seiner Brieftasche herum. Er musste über sich selbst grinsen. Dann griff er nach einem dunkelgrauen T-Shirt mit einem in Weiß aufgedruckten Motiv, das ein Segelboot vor einem riesigen Vollmond zeigte. Es war eines seiner Neueren und er fühlte sich wohl darin.

Pünktlich war auch Mario fertig.

Sie läuteten an der Nachbartür und Sonja öffnete. Sie trug ein dunkelblaues Kleid, das ihre schlanke Taille und ihren Busen betonte. Oliver vermutete, dass sie einen Push-up-BH trug, denn solche Formen waren bei ihr normalerweise nicht zu sehen. Über Marios Gesichtsausdruck amüsierte nicht nur er sich, auch die junge Frau schmunzelte.

»Gefällt dir, was du siehst?«, fragte sie Mario. Er nickte und wirkte etwas ertappt.

»Absolut ... umwerfend«, bestätigte er sichtlich aus der Ruhe gebracht. Und dann kam Carolin an die Tür. Auch sie trug ein Kleid. Das wilde Dschungel- muster betonte das Grün ihrer Augen, der raffinierte Schnitt ihre wundervollen weiblichen Formen. Oliver schluckte und seine Jeans wurden augenblicklich un- angenehm eng im Schritt. Er hatte sie bisher nur in Hosen und Shirts und im Arbeitskittel gesehen. Ihr Anblick in dem Kleid brachte ihn total durcheinander und weckte gleichzeitig den Wunsch, es ihr auszuzie- hen. Er musste im Kino unbedingt neben ihr sitzen und fürchtete sich gleichzeitig davor. Mit einem fetten Ständer in der Hose würde es sehr unbequem werden.

»Können wir?«, fragte sie munter und er überlegte, ob sie tatsächlich nicht mitbekam, wie sehr er auf sie abfuhr.

»Mein Auto steht in der Tiefgarage«, teilte er ihnen mit kratziger Stimme mit.

»Gut, dass wir mit deinem fahren können. In meinem alten Kombi ist alles voller Hundehaare.«

»Wie lange machst du das mit dem Hunde-Sitten eigentlich schon?«, erkundigte er sich. Er wollte alles über sie wissen.

»Schon seit meiner Schulzeit. Angefangen habe ich damit, um mein Taschengeld aufzubessern. Dabei habe ich entdeckt, dass ich gut mit Tieren umgehen kann. Daraus ist dann auch mein Berufswunsch entstanden.«

»Tierärztin zu werden«, erinnerte er sich. »Aber du bist als Assistentin fast noch besser besetzt, wage ich zu behaupten, nachdem ich dich in der Praxis erlebt habe.«

Sie lächelte ihn von der Seite an. »Danke, das freut mich. Man muss immer das Beste aus der Situation machen, finde ich. Wie bist du zu deinem Job gekommen?«

Oliver zuckte mit den Schultern. »Nachdem ich einige Male in den Ferien in der Autowerkstatt meines Vaters gejobbt hatte, wusste ich, dass ich dafür nicht geboren bin. Die Gerüche, der ölige Schmutz, der Lärm ... Ich war immer gut in der Schule, also besuchte ich die Handelsakademie. Danach hatte ich mich bei einigen Büro- und Bankjobs beworben und das genommen, was sich ergeben hat. Ganz unspektakulär, wie alles bei mir.«

»Aber du bist zufrieden?«

»Ja, es ist ein guter Job mit netten Kollegen und das Gehalt stimmt.«

»Du klingst aber, als ob du dich dafür entschuldigen wolltest«, bohrte Sonja weiter. Mittlerweile hatten sie das Auto erreicht und er entsperrte die Türen. Die Mädels stiegen hinten ein.

»Ich weiß auch nicht. Vielleicht ist alles zu gewöhnlich? Langweilig?« Er startete den Motor und fuhr den Toyota rückwärts aus seinem Parkplatz.

»Das hat dir doch Anja eingeredet«, warf Mario missmutig ein. »Eine Frau, die von einem Chaos ins nächste stürzt und nichts auf die Reihe kriegt.«

»Deine Ex-Freundin?«, fragte Carolin nach.

»Ja, ich glaube, sie fand mich spießig.« Er warf einen kurzen Blick in den Rückspiegel, um sie anzusehen.

»So ein Quatsch. Wo kämen wir denn da hin, wenn jeder nur ein Abenteurer sein wollte? Ein solider Job ist doch was Gutes, wenn er dich nach einem Arbeitstag zufrieden heimgehen lässt!« Sonja sagte es mit Nachdruck und es war klar, dass sie es tatsächlich so meinte. Mario nickte zustimmend und drehte sich lächelnd zu ihr um.

»So weit geht deine Revolte also doch nicht.«

Sonja grinste vergnügt. »Im Gegenteil. Meine Mutter würde mich viel lieber mit einem gut situierten Mann aus ihren gehobenen Kreisen verheiraten, als zuzusehen, wie ich jeden Tag in die Klinik fahre, um in ihren Augen niedere Dienste zu verrichten.«

»Nicht dein Ernst!« Mario starrte sie mit einer Mischung aus Belustigung und Unglauben an.

»Doch, und ich verstehe sie ja bis zu einem gewissen Grad. Papa verdient genug Geld, dass sie sich mit ihren Freundinnen treffen kann, shoppen gehen oder zur Kosmetikerin, was immer ihr gefällt. Die Hausarbeit erledigt eine Angestellte, die jeden Tag bis auf Sonntag kommt. Sie genießt ihr Leben so, wie es jetzt ist, und kann sich gar nicht vorstellen, dass ich mir für mich etwas anderes wünsche.« Sonja lehnte sich zurück, doch so entspannt, wie sie sich gab, war sie nicht. »Heute habe ich ihnen eröffnet, dass ich zu Caro ziehen will. Es hat einen ziemlichen Wirbel gegeben.«

»Das tut mir leid.« Ihre Freundin war sichtlich erschrocken. »Du kannst aber jederzeit einen Rückzieher machen, das ist dir klar, oder? Ich will nicht schuld sein, wenn sich das Verhältnis zu deinen Eltern deshalb verschlechtert.«

»Da sind sie selbst schuld, wenn sie nicht einsehen, dass ich auch mal auf eigenen Füßen stehen will.« Sonjas Stimme hatte einen trotzigen Unterton angenommen. »Es ist ja nicht so, dass ich mich in schlechte Gesellschaft begäbe, oder auf die schiefe Bahn geriete. Ganz im Gegenteil. Du tust mir gut.

Bei dir kann ich sein, wie ich bin. Du gibst mir das Gefühl, richtig zu sein.«

»Ach, das ist schön! So soll Freundschaft sein!« Die beiden Frauen umarmten sich fest. Mario und Oliver grinsten sich zu und jeder sah dem anderen an, wie angenehm sie es fanden, dass sich die Freundinnen so gut verstanden. Zickenkrieg hatten sie in ihrem Bekanntenkreis schon oft genug miterlebt.

Der Parkplatz des Kinos in Gleisdorf war voll, wie an einem Samstagabend üblich, und sie kreisten einmal rundherum, bis sie eine freie Lücke fanden.

»Ich hoffe, ich bereue es nicht, dass ich mich von euch zu dem Film habe überreden lassen.« Carolin betrachtete das Kinoplakat mit gemischten Gefühlen, als sie am Schalter anstanden, um die reservierten Karten abzuholen.

»Darf ich dich beschützen, wenn du dich fürchtest?«, fragte Oliver.

Sie sah zu ihm auf und überlegte, ob er sich über sie lustig machte, doch der Ausdruck in seinen Augen wirkte fürsorglich und ... ja, fast liebevoll, sodass die Schmetterlinge in ihrem Bauch sofort wieder zu flattern anfingen. »Okay«, sagte sie langsam. »Ich nehme dich beim Wort.«

»Ich lade euch alle zu Popcorn ein«, verkündete Sonja, die davon nichts mitbekommen hatte, weil sie sich mit Mario über einen Schauspieler unterhalten hatte, der bei dem Thriller mitspielte. »Oder wollt ihr lieber Nachos oder etwas anderes?«

»Ich liebe Nachos mit Käsesauce«, gestand Caro.

»Ja, stimmt. Also, für dich Nachos. Und ihr?« Sie sah die Jungs abwartend an.

»Popcorn. Aber die Getränke gehen auf mich«, bestimmte Oliver.

»Wir könnten die Kombiangebote nutzen und halbe-halbe machen.«

»Gute Idee«, stimmte er ihr zu.

»Werden wir denn gar nicht gefragt, ob uns das recht ist?«, begehrte Mario halbherzig auf. Als Student war er ohnehin immer knapp bei Kasse, aber sich von einem Mädchen einladen zu lassen, widerstrebte ihm trotzdem.

Sonja grinste ihn an. »Nö. Du musst nicht den Kavalier spielen. Sei doch froh, dass ich keines von den Mädels bin, die nur darauf aus sind, sich alles bezahlen zu lassen.«

»Auch wieder wahr. Okay, also genehmigt.« Er lächelte zurück. Ihre ungekünstelte Art fand er sehr erfrischend. Trotz ihres fast elfenhaft zarten Aussehens benahm sie sich oft kumpelhaft unkompliziert. Das war eine sehr reizvolle Kombination und er ertappte sich dabei, dass er sich fragte, wie sich ihr seidiges Haar anfühlte.

Wenig später betraten sie, reichlich mit Knabberzeug und Getränken ausgestattet, den Kinosaal.

Oliver beeilte sich, vor Caro in die Sesselreihe zu schlüpfen, nach ihr nahm Sonja Platz und Mario bildete den Abschluss. Schon während die Werbung lief, fingen sie an zu knuspern.

»Möchtest du probieren?«, fragte Caro ihn. Eigentlich hätte er lieber ihre Lippen gekostet, aber das hatte sie ja leider nicht gemeint. Also nahm er das Angebot an, ein knuspriges Dreieck in die Käsesoße zu tunken.

»Die sind richtig gut«, stellte er fest. »Die nehme ich das nächste Mal auch.«

»Ein Kinobesuch ohne Nachos ist nur der halbe Spaß.« Sie schob sich das nächste Stück in den Mund und kaute mit sichtlichem Genuss. Dann deutete sie zur Leinwand und stupste Sonja an. »Diesen Film will ich auch sehen. Hoffentlich verpassen wir ihn nicht.«

Obwohl es sich bei der Vorschau um eine Liebeskomödie handelte, die üblicherweise nicht auf seiner Must-see-Liste standen, beugte er sich zu ihr. »Da bin ich auch dabei, wenn ihr mich mitnehmt.«

Sonja grinste und er fühlte sich durchschaut. »Echt jetzt? Dann geh doch du mit Caro und ich sehe mir währenddessen den neuen Zombie-Film an.«

»Brrr ... Ja, mach das. Da kriegst du mich nicht hinein«, stimmte diese zu.

»Das würde ich nie von dir verlangen. Dafür bist du eindeutig zu zart besaitet.« Lächelnd drückte

Sonja ihrer Freundin ein Küsschen auf die Wange. Ihm dämmerte, dass sich Carolin vielleicht tatsächlich bei dem Thriller fürchten könnte, der ihnen bevorstand.

Kapitel 7

Carolin war von dem Geschehen auf der Leinwand gleichzeitig fasziniert und abgestoßen. Der Film war so packend, dass sie Herzklopfen und feuchte Hände bekam. Als die Musik immer bedrohlicher wurde, spürte sie die Anspannung im ganzen Körper. Kurze Zeit gelang es ihr, die geballten Fäuste zu lockern. Dann fiel im Film der Strom aus. Für einen Moment verschwand der Schauplatz in unheilvoller Dunkelheit. Den Zusehern stockte genauso der Atem, wie der Gejagten, die panisch versuchte, dennoch etwas zu erkennen. Ein Messer blitzte auf. Instinktiv wandte sich Carolin zu der Schulter an ihrer rechten Seite und verbarg ihr Gesicht daran. Oliver legte seinen Arm um sie und zog sie sanft und beschützend noch näher. Schlagartig fühlte sie sich geborgen. Ihr Herzschlag beruhigte sich. Nun stieg ihr sein angenehm herber Duft, der ihr schon früher am Abend aufgefallen war, ungefiltert in die Nase und sie sog ihn tief in ihre Lungen. Der letzte Rest ihrer Beklemmung löste sich und machte anderen aufregenden Empfindungen Platz. Sein Bart kratzte ein wenig an ihrer Schläfe und die streichelnde Hand an ihrem Oberarm fühlte sich warm und zärtlich an. Carolin tauchte so tief in diese Empfindungen ein, dass das bedrohliche Geschehen auf der Leinwand tatsächlich in den Hintergrund rückte. Mehr noch, sie genoss die Situation, und es machte ihr nichts aus, dass sie den Schluss nicht mitbekam. Erst, als der Abspann lief und das Licht im Saal anging, hob sie den Kopf.

»So schlimm?«, fragte Oliver sie besorgt.

Sie sah ihm in die Augen und leichte Röte stieg in ihre Wangen.

»Nein, so schön«, sagte sie leise. Er brauchte nur einen winzigen Moment, um zu verstehen.

»Das fand ich auch.« Langsam beugte er den Kopf, ohne den Blickkontakt zu lösen. Nur ganz leicht berührten seine warmen Lippen ihren Mund, strichen darüber, bewegten sich sanft, bevor er sich wieder von ihr löste. »Ich mag dich«, murmelte er fast unhörbar.

Ein glückliches Lächeln flammte in ihrem Gesicht auf und brachte ihre Augen zum Strahlen.

»Ich dich auch.«

Ein überdeutliches Räuspern durchbrach ihren Kokon. »Braucht ihr noch länger? Dann holen wir uns in der Zwischenzeit etwas zu trinken!« Sonja grinste frech.

»Ich bin auch durstig«, stellte Oliver etwas verlegen fest und verschränkte seine Finger mit Carolins, als sie als letzte Besucher den Kinosaal verließen. »Wollen wir gleich hier ...« Er wies auf das Lokal, das neben der Kassenhalle des Kinos untergebracht war.

Sie sahen einander fragend an. »Ja, warum nicht?«

Glücklicherweise fanden sie einen freien Tisch und ließen sich nieder.

»Ganz schön voll heute«, stellte Mario fest. »Oh, nein«, murmelte er im nächsten Moment. Bevor Oliver nachfragen konnte, hatte er sie auch schon entdeckt. Sekunden später trat die Bedienung zu ihnen.

»Olli, was für eine schöne Überraschung!« Er zuckte zurück, als sie sich zu ihm beugte und ihm einen Kuss geben wollte.

»Lass das! Wir wollen Getränke bestellen und sonst nichts«, zischte er sie an. Mit beleidigter Miene richtete sie sich wieder auf.

»Ich hatte gehofft, du bist meinetwegen da, nachdem du auf meine Nachricht nicht geantwortet hast.«

»Woher hätte ich denn wissen sollen, dass du neuerdings hier arbeitest? Von Kevin vielleicht?« Seine beißende Stimme triefte vor Sarkasmus. In dem Moment wurde Sonja und Carolin klar, wen sie da vor sich hatten. Interessiert musterten sie Olivers Exfreundin. Sie war relativ groß, sehr schlank und stark geschminkt. Ihre Haare waren viel kürzer, hatten aber einen ähnlichen Farbton wie Carolins, wie sie mit gemischten Gefühlen feststellte. War sie für Oliver vielleicht nur ein Ersatz für Anja?

Mario ergriff das Wort, um die Situation zu retten. »Wir hätten gerne einen Apfelsaft mit Leitungswasser auf einen halben Liter«, auffordernd sah er Sonja an, die sogleich fortsetzte: »Ein kleines Bier.« Anja nickte und notierte es auf ihrem Block.

»Einen Radler, bitte«, ergänzte Carolin.

»Für mich das Gleiche wie für Mario«, brummte Oliver. Er sah sie kaum an, als ob er sie keinesfalls zu weiteren Kommentaren ermuntern wollte.

»Wenn ich das geahnt hätte, wären wir woanders hingegangen«, stellte er fest, als sie weg war. »Tut mir leid.«

»Kein Problem. Am meisten hat sie ja dir die Laune verdorben.« Sonja lächelte ihm aufmunternd zu. »Es lässt sich leider nicht vermeiden, seinen Ex-Partnern über den Weg zu laufen.«

»Stimmt. Trotzdem hätte ich darauf verzichten können. Besonders, wo sie noch nicht einmal den Nerv hat, sich schuldbewusst zu zeigen.«

»Würde das etwas ändern?«, fragte Carolin zaghaft. Würde er mit wehenden Fahnen zu Anja zurückkehren, wenn sie es nur richtig anstellte?

»Wie meinst du das?«, fragte er verwirrt, dann ging ihm der Sinn ihrer Frage auf. »Nein, natürlich nicht. So richtig gepasst hat das ohnehin nicht mit ihr.« Er wandte sich ihr noch weiter zu und legte behutsam den Arm um sie. Im nächsten Moment kam Anja mit den Getränken. Carolin hielt den Atem an. Würde er den Arm wegziehen? Nein, im Gegenteil. Sanft streichelte er ihre Seite, während seine Ex die Gläser auf den Tisch knallte. Sie öffnete bereits den

Mund für eine bissige Bemerkung, als ihr Mario zuvorkam.

»Lass es, Anja. Du hast es dir selbst versemmelt. Kein Mann, der etwas auf sich hält, würde dich nach so einer Aktion zurücknehmen, das schwöre ich dir!«

Sie warf ihm einen giftigen Blick zu, verschwand dann aber kommentarlos. Langsam entspannten sich alle wieder und unterhielten sich über den Film.

»Ich gebe zu, er war ein bisschen heftig. Wir hätten dich nicht dazu überreden sollen«, stellte Sonja reumütig fest. »Aber letztendlich hast du ohnehin das Beste daraus gemacht«, setzte sie mit einem amüsierten Zwinkern hinzu.

»Könnte man so sagen«, gab Caro ihr recht und lächelte Oliver zu. »Der beste Platz ever, um so einen Film zu überstehen.«

Keiner von ihnen hatte Lust, auf ein zweites Getränk zu bleiben. Als sie das Gebäude verließen, schüttete es wie aus Eimern.

»Ach du Scheiße, ich hätte doch mit dem Auto zu dir kommen sollen«, rief Sonja aus. »Bei dem Mistwetter mit dem Fahrrad heimzufahren, ist ja wirklich das Letzte.«

»Wir können dich auch nach Hause bringen«, schlug Oliver vor. »Dann musst du eben das nächste Mal mit den Öffis zu Carolin fahren, um das Rad zu holen.«

»Puh, das wäre echt super lieb«, nahm sie das Angebot erleichtert an.

»Ihr wartet hier. Es reicht, wenn ich nass werde«, stellte er gentlemanlike fest. Ohne zu zögern, zog er sich das Shirt über den Kopf und drückte es Mario in die Hand. »Halt mal!« Dann verschwand er mit blankem Oberkörper im strömenden Regen, um das Auto zu holen.

»Wohin müssen wir?«, erkundigte er sich, als sie fahrbereit waren.

»Ich wohne in St. Peter, also am besten fährst du über die Ries«, schlug Sonja die kürzeste Route vor, auch wenn sie über einen Berg führte. Einige Blitze zuckten über den nachtschwarzen Himmel und als sie die Grazer Stadtgrenze erreichten, schüttete es noch immer.

Sie lotste ihn von der St. Peter Hauptstraße nach links einen leichten Hügel hoch, dann ein paar Mal rechts und links, bis sie vor einem pompösen schmiedeeisernen Tor hielten. Sogar durch den Schleier der noch immer reichlich fallenden Regentropfen hindurch, konnten sie die stattliche, hell erleuchtete Villa sehen.

»Heilige Scheiße, hier wohnst du?«, entfuhr es Mario ehrfürchtig. »Wenn ich das gewusst hätte, wäre ich auf die Idee mit der WG nie gekommen.«

»Na, da bin ich aber froh! Nächste Woche ziehe ich nämlich in euer Haus ein und freue mich schon

wie irre darauf. Vielen Dank fürs Heimbringen.« Sie
beugte sich zu Oliver nach vorne und drückt ihm ein
schnelles Küsschen auf die Wange. »Ich werde zwar
auf dem Weg ins Haus auch noch patschnass, aber
wenigstens komme ich garantiert sicher an.« Auch
Caro bekam ein Küsschen, dann schlüpfte sie aus
dem Wagen und schlug rasch die Tür wieder zu, damit es nicht hineinregnete.

Die drei Freunde hatten es angenehmer und ge-
langten trocken von der Tiefgarage zu ihren Woh-
nungstüren. Mario hatte bereits den Schlüssel in der
Hand.

»Schönen Abend, Carolin, und eine gute Nacht!
Hoffentlich hast du keine Albträume!«

»Das hoffe ich auch! Gute Nacht.« Sie nickten sich
noch einmal lächelnd zu, dann verschwand er in der
Wohnung. Oliver verharrte vor der offenen Tür und
sah sie unschlüssig an. Auch sie zögerte. Es widerstrebte ihnen offensichtlich beiden, den Abend auf
diese Weise zu beenden.

»Willst du noch mit reinkommen? Auf ein Glas
Wein? ... Ach nein, ich hab ja gar keinen mehr.« Sie
biss sich bedauernd auf die Lippen.

»Wasser tut es auch.« Leise zog er seine Türe zu
und war mit drei langen Schritten bei ihr. Er lächelte
sie an. »Sehr gerne!«

Ihr Herz klopfte heftig. Es war das erste Mal, dass
sie mit Oliver alleine war. Sie schloss die Tür ab und

als sie sich ihm zuwandte, zog er sie einfach in seine Arme. Wie von selbst legten sich ihre Hände an seinen Rücken. Sie spürte die Wärme seiner Haut durch den dünnen Stoff hindurch und der Duft, der ihre Nase erreichte, erschien ihr bereits herrlich vertraut. Sein Herz klopfte schnell und kräftig. Er schien genauso aufgewühlt zu sein wie sie. Carolin hob den Kopf und begegnete seinem etwas unsicheren Blick. Ein Lächeln breitete sich auf ihrem Gesicht aus und sie spitzte etwas die Lippen, wie um ihn zu locken. Oliver ließ sich nicht lange bitten, sondern senkte seinen Mund auf den ihren. Wie ein kleiner Stromstoß durchfuhr es sie beide, als sich ihre Zungenspitzen berührten und die Umarmung wurde inniger. Es war aufregend und wundervoll, einander so zu entdecken, und sie ließen sich Zeit damit. Ihre Gedanken wirbelten durcheinander.

›Sie schmeckt so himmlisch.‹

›Ich liebe es, was er mit seiner Zunge macht.‹

›Wie sie sich an mich schmiegt ... Ob es noch zu früh ist, unter ihr Kleid ...? Nein, nur nichts überstürzen!‹

›Er küsst mit so viel Gefühl. Ich will seinen Mund überall spüren!‹

Sein warmer, fester Körper unter ihren Händen weckte den Wunsch, seine Haut zu berühren. Sie schob ihre Finger unter sein Shirt und spürte, wie er an ihrer Zunge vorbei nach Luft schnappte. Ein leises Stöhnen drang aus seiner Kehle.

›Er fühlt sich so gut an. Ich will mehr davon.‹

›Wenn sie so weitermacht ... Ich will sie, aber wie weit ist sie bereit zu gehen?‹

Sanft strich er mit einer Hand über die verführerische Rundung ihrer Brust und fühlte ihren Nippel durch die Stofflagen hindurch. Heiß schoss ihm das Blut in den Penis, der bereits gegen die Enge der Jeans aufbegehrte. Vorsichtig umfasste er ihre verlockenden Hügel, immer bereit, sofort einen Rückzieher zu machen, wenn sie abrückte, doch ihr wohliges Seufzen war deutlich genug. Sanft strich er an ihrem Ausschnitt entlang, bevor er die Hand unter Kleid und BH schob. In leichten Bögen arbeitete er sich vor, bis seine Fingerspitze ihre Brustwarze erreichte und umschmeichelte. Sie stöhnte in seinen Mund und schmiegte ihr Becken unmissverständlich gegen seine Erektion. Einen Moment wurde ihm schwindlig vor Lust.

Carolin erging es ähnlich. Ihr war heiß und ihr Puls raste. ›Oh mein Gott, ich bekomme schon weiche Knie ... Ich muss aus dem Kleid raus!‹ Sie tastete an ihrem Rücken nach dem Reißverschluss, kam aber nicht gleich ran.

»Darf ich?«, flüsterte er an ihren Lippen, als er begriff, was sie vorhatte. Sie nickte und hielt ruhig, während er das Kleid öffnete und gleichzeitig über ihren nackten Rücken streichelte. Er bedeckte ihren Hals mit Küssen, ließ sie zart seine Zungenspitze fühlen, während er ihr das Kleid über die Arme nach unten streifte.

Erst als sie aus dem Stoff stieg, der sich zu ihren Füßen bauschte, kam ihr zu Bewusstsein, dass sie noch immer im Vorzimmer standen. Plötzlich fröstelte sie und ihre Wangen wurden rot.

»Du bringst mich total durcheinander«, stellte sie verlegen fest und schlang die Arme um sich.

»Du mich auch. War ich zu schnell?« Sanft zog er sie wieder an sich.

»Du? Ich stehe in Unterwäsche vor dir«, stellte sie richtig.

»In sehr aufregender Wäsche. Du bist so schön.« Der Blick seiner braunen Augen war bewundernd und sanft. »Ich würde wahnsinnig gerne da weitermachen, wo wir gerade aufgehört haben. Aber nur, wenn du es willst.«

Sie nahm ihn bei der Hand und ging mit ihm ins Wohnzimmer. Auf der Couch griff sie nach der Flauschdecke und hüllte sich ein. Dann sah sie ihm in die Augen.

»Du musst wissen, ich bin nicht so eine, die gleich mit jedem ins Bett hüpft.«

Der Anflug eines Grinsens stahl sich in seine Mundwinkel. »Ich sehe kein Bett.« Doch schnell wurde er wieder ernst. Es berührte ihn, dass ihr wichtig war, was er von ihr dachte. »Diesen Eindruck hatte ich keinen einzigen Augenblick von dir, sonst hättest du mich vermutlich nicht so fasziniert.«

»Hab ich das?«

Er nickte. »Beim ersten Blick auf dem Balkon und ich habe mich dafür verflucht, dass ich mir vorgenommen hatte, den Bad Boy zu mimen. Ich hatte sogar kurz Angst, dass du dich vielleicht in Mario verliebst.«

»Er ist ein ganz Lieber, aber ...« Sie zuckte leicht mit den Schultern. »Richtig gefunkt hat es nur bei dir.« Sie zögerte. »Darf ich mich an dich kuscheln?«

»Nur, wenn ich das Shirt und die feuchten Jeans ausziehen darf. Das ist ziemlich unbequem.« Wieder war da dieses feine, freche Grinsen, das seinen linken Mundwinkel ein wenig hob und Carolin stellte fest, dass sie es mochte.

»Ich habe dich ja schon fast nackt gesehen«, erinnerte sie ihn mit einem lässigen Schmunzeln, obwohl die Aussicht, ihn Haut an Haut zu spüren, prickelnde Schauer durch ihren Körper jagte. Während sie sich zurechtlegte, sah sie ihm zu, wie er sich auszog. Seine Boxer-Shorts konnten nicht verbergen, dass auch er die Situation ziemlich aufregend fand. Langsam, beinahe vorsichtig, ließ er sich auf der Kante des Sofas nieder und hob die Decke ein wenig. Er betrachtete sie und an dem Funkeln in seinen Augen konnte sie erkennen, wie gut ihm gefiel, was er sah. Sie streckte die Hand aus und strich federleicht über seine Schulter und die glatte Brust. Sein Körper war fest und sehnig, die Haut warm. Carolin richtete sich ein wenig auf, legte die Finger in seinen Nacken und zog ihn zu sich herunter. Sein Mund fühlte sich nun schon vertrauter an und ihre Zungen umschlangen einander zärtlich. Augenblicklich flammte die Erregung wieder auf, die vorhin ein wenig verpufft war.

Eigentlich hatte sie nur vorgehabt, zu kuscheln und zu reden, aber als er sich an sie schmiegte, war daran nicht mehr zu denken. Sie streichelten einander, während sie sich küssten. Vier Hände gingen auf Wanderschaft, erkundeten, entdeckten und schenkten Zärtlichkeit. Es war pure Lust an der Nähe des anderen. Der BH fiel zu Boden und ihre runden, festen Brüste passten perfekt in seine Hände. Bald lag Oliver halb auf Carolin. Ihre Beine waren verschlungen und alleine, sich aneinander zu reiben, jagte ihre Erregung in ungeahnte Höhen. Er rückte ein winziges Stück ab, brauchte den Abstand, um sich beherrschen zu können. Während er die Fingerspitzen in ihren Slip schob, suchte er ihren Blick, doch dann war er es, der die Augen kurz schloss, so sehr warf ihn die heiße Nässe, die ihn empfing, aus der Bahn. Statt seinen pochenden Schwanz in ihr zu versenken, schob er den Mittelfinger in ihre Vagina. Carolin stieß ein Geräusch, halb Stöhnen, halb Keuchen aus und spreizte die Beine weiter. Ihre Hüfte kam ihm entgegen und er hatte das Gefühl, als würde sie seinen Finger förmlich einsaugen. Wieder verlor er beinahe die Beherrschung.

Dann fühlte er ihre Finger streichelnd an seinem Glied. Noch war der dünne Stoff der Boxer-Shorts dazwischen und er wünschte sich in dem Moment nichts sehnlicher, als sie pur auf seiner Haut zu fühlen. Gleichzeitig fürchtete er sich davor, denn seine Beherrschung hing bereits an einem dünnen Faden. Alles an dieser Frau, ihre perfekten weiblichen Formen, der Geschmack ihres Mundes, ihr Duft, der ihm unwiderstehlich in die Nase stieg und die glitschige Enge, die seinen Finger umfasste, ließ ihn beinahe jede Zurückhaltung verlieren.

Sie versuchte, ihre Hand in seine Shorts zu schieben, doch der Gummibund war zu fest. »Hilf mir«, flüsterte sie an seinen Lippen. Schnell streifte er sie ab, gleichzeitig schlüpfte sie aus ihrem Slip. Vorsichtig, fast scheu, berührte sie ihn, doch bald wurde ihr Griff sicherer und fester. Er streichelte das kleine dunkle Dreieck und ihre weichen, zarten Falten, bevor er ihrem stummen Drängen nachgab und seinen Finger neuerlich in ihr versenkte. Der Griff ihrer Hand bescherte ihm höchste Lust. Lange würde er es nicht mehr aushalten. Dann durchfuhr ihn ein Gedanke. »Kondome ... Hast du welche?«

Sie sah ihn einen Moment verwirrt an, bis seine Frage zu ihr durchgedrungen war. Die Enttäuschung auf ihrem Gesicht sagte alles, noch bevor sie den Kopf schüttelte. »Ich bin schon zu lange Single.«

Das war eine Aussage, die ihm grundsätzlich gefiel. Seine waren aufgebraucht.

Sie legte ihre zweite Hand zärtlich an seine Wange. »Dann lass es uns diesmal so genießen. Ich bin ohnehin schon knapp davor. Es ist so schön mit dir!« Ihre glänzenden Augen und die Art, wie sie ihn vertrauensvoll und von Lust erfüllt anlächelte, brachte ihm zu Bewusstsein, wie wundervoll die Situation war. ›Diesmal‹, hatte sie gesagt. Es würde weitere Gelegenheiten geben. Sie mussten nicht alles auf einmal haben. Er fühlte die Freude darüber tief in seinem Herzen.

»Du hast recht.« Er senkte seine Lippen wieder auf ihre und küsste sie zärtlich. Langsam übernahm die Lust wieder Regie. Sie bewegten sich dringlicher, heftiger, leidenschaftlicher. Die Luft wurde knapp und sie lösten ihre Münder voneinander. Sie schnappten nach Luft und ihr heißer, schneller Atem mischte sich. Dann spannte sich Carolins Körper an, sie bog den Kopf in den Nacken und ihre Hüfte hob sich von der Unterlage. Ein lang gezogener Schrei begleitete die Kontraktionen, die ihre Muskeln um seinen Finger zusammenzogen. Unwillkürlich hatte sie sein pochendes Glied fester gepackt. Sie in ihrer Lust zu erleben, zusammen mit dem zusätzlichen Reiz, brachte auch ihn zum Höhepunkt. Mit einem rauen Stöhnen ergoss er sich schubweise auf ihren Bauch.

Schwer atmend hielten sie einander fest, bis sich wohlige Entspannung einstellte. Nach einer Weile regte sich Carolin. Lächelnd sahen sie sich an.

»Das war unglaublich schön«, ergriff sie als Erste das Wort.

»Hmm«, brummte er zustimmend und streichelte träge über ihren Rücken. Seine Gehirnzellen hatten ihre Funktion noch nicht wieder vollständig aufgenommen. Trotzdem wurde ihm etwas klar und er ahnte, dass es wichtig sein könnte, das auch auszusprechen. »Das hier eben mit dir ist intensiver als so mancher ›richtiger Sex‹, den ich bisher hatte. Du weißt schon, was ich meine.«

»Das stimmt. Geht mir auch so. Bleibst du heute Nacht bei mir?«

»Falls du Albträume bekommst?«, neckte er sie und freute sich gleichzeitig, dass sie ihn nicht zurück in seine eigene Wohnung schickte.

»Ja, genau. Nur deshalb.« Sie lächelte ihn liebevoll und gleichzeitig ein wenig frech an.

Er küsste sie auf die Nasenspitze. »Sehr gerne. Und morgen früh hole ich frische Brötchen und Kondome, während du Kaffee kochst.«

Kapitel 8

Carolin wachte als Erste auf. Sie hatte geschlafen wie ein Murmeltier. Oliver lag neben ihr, ein Bein auf ihrer Bettseite und die Decke halb weggestrampelt. Ihr Blick glitt über die nackte Pobacke und unwillkürlich leckte sie sich über die Lippen. Sie hatte ihn schon letztens ziemlich sexy gefunden, als sie ihn nur mit dem Handtuch über den Hüften in seinem Flur gesehen hatte. Da hatte sie noch gedacht, er wäre ein arroganter Arsch, dabei war er ein richtig Süßer mit einem sexy Hinterteil. Sie grinste bei dem Gedankenspiel. Eine dunkle Haarsträhne war ihm in die Stirn gefallen und bewegte sich im Rhythmus seiner Atemzüge. Ihre Gedanken schweiften zum vergangenen Abend zurück. Nach einer gemeinsamen Dusche hatte er ihr gezeigt, dass er mit dem Mund noch geschickter war als mit den Fingern. Ein wohliger Schauer durchrieselte sie, als sie sich daran erinnerte. Oliver bewegte sich und stieß dabei mit dem Knie an ihr Bein. Seine Lider flatterten, dann öffnete er langsam die Augen. Sie konnte genau erkennen, in welchem Moment er realisierte, wo er sich befand.

»Guten Morgen«, sagte sie leise und erwiderte sein verschlafenes Lächeln. Wortlos streckte er den Arm nach ihr aus und sie kuschelte sich an seine Seite. Er war warm und sie fühlte sich unendlich geborgen.

Sie nickten noch einmal kurz ein, doch dann knurrte sein Magen laut und deutlich. An ihrer Handfläche, die an seiner Wange lag, spürte sie, wie er grinste.

»Es ist höchste Zeit, einkaufen zu gehen«, stellte er fest und als er die Decke wegzog, wurde ihr klar, dass er nicht nur das Frühstück meinte.

Rasch zog er sich an und sie brachte ihn an die Tür. Gerade als sie sich mit einem zärtlichen Kuss verabschiedeten, kam ihre Großmutter die Treppe herunter.

»Guten Morgen, ihr Turteltäubchen!«, flötete sie sichtlich amüsiert. Carolin spürte, wie ihre Wangen heiß wurden. Sie trug nur ihren flauschigen Bademantel. Es war also unverkennbar, dass Oliver bei ihr übernachtet hatte.

»Guten Morgen! Warum gehst du zu Fuß?«, erkundigte sie sich.

»Der Lift ist mal wieder kaputt. Runter ist ja kein Problem, aber ich fürchte mich schon davor, die Einkäufe hinauf zu tragen.«

»Das brauchst du doch nicht, Oma! Läute an, dann laufe ich runter und trag sie für dich hoch!«

Oliver mischte sich mit seinem schönsten Lächeln ein. Falls er verlegen war, gelang es ihm beneidenswert gut, es zu verbergen. »Ich bin gerade auf dem Weg in den Supermarkt. Soll ich Ihnen etwas mitbringen, Frau Kleiber?«

»Ich hab dir doch gesagt, er ist ein hilfsbereiter junger Mann.« Sie lächelte Carolin zufrieden zu, dann wandte sie sich an Oliver. »Ich begleite Sie, wenn es Ihnen nichts ausmacht.«

Die Blicke der jungen Leute kreuzten sich und Oliver zuckte kaum merklich mit den Schultern. Also zogen die beiden los, um in dem nur wenige Häuserblocks entfernten Laden einzukaufen. Während Carolin die Tür schloss, schüttelte sie lächelnd den Kopf. Das war ja wieder perfektes Timing! Sie schlüpfte in eine bequeme Hose und ein Shirt und schaltete die Kaffeemaschine an. Sie fing an, den Frühstückstisch zu decken. Dabei fiel ihr auf, dass die Geschirrspülmaschine darauf wartete, ausgeräumt zu werden. Kaum war sie damit fertig, klingelte ihr Handy und auf dem Display erschien Sonjas Foto.

»Hallo Süße! Hast du den Film gut verdaut? Du hattest doch keine Albträume, oder?« Sie klang ehrlich besorgt.

»Guten Morgen, nein, alles okay.« Einen Moment zögerte sie, doch wem, wenn nicht der besten Freundin, sollte sie davon erzählen? »Oliver und ich ... Er war die ganze Nacht bei mir! Es war himmlisch!«

»Wie jetzt?« Sonja schien einen Moment verwirrt zu sein. »Sag bloß ... Wow ... Na, da glaube ich dir, dass du keine Albträume hattest! Ist er jetzt bei dir?«

»Nein, er kauft gerade für unser erstes gemeinsames Frühstück ein.«

»Hammer! Du klingst glücklich. Ich freu mich so für dich, meine Süße! Habt ihr miteinander geschlafen?«

»Nicht so richtig, wir hatten keine Kondome. Aber es war trotzdem unheimlich schön. Er weiß, was er zu tun hat«, stellte Carolin mit besonderer Stimmlage fest. Sonja kicherte.

»Klingt gut! Wie geht es nun weiter?«

»Keine Ahnung. Warum fragst du?«

»Na ja, soll ich dann überhaupt bei dir einziehen? Willst du mich noch bei dir haben? Vielleicht störe ich euch ja.«

»Wie kommst du denn auf eine solche Idee? Wir haben doch jede unser eigenes Zimmer! Und es ist ja nicht so, dass ihr euch nicht ausstehen könnt, oder so!« Carolin redete sich in Fahrt. »Was für ein Quatsch! Pack deinen Krempel zusammen wie besprochen.«

»Ist ja gut«, beschwichtigte Sonja. »War ja nur eine Frage.« Trotzdem konnte Carolin deutlich hören, wie erleichtert sie war. Sie redeten noch ein wenig, denn natürlich wollte ihre Freundin möglichst viele Details erfahren und auch für den Umzug waren noch Einzelheiten zu besprechen.

»Ah, es läutet an der Wohnungstür. Ich muss aufmachen. Oliver war zusammen mit meiner Oma einkaufen, stell dir das vor«, berichtete sie lachend. »Ich melde mich später wieder, okay?« Noch während sie sich verabschiedeten, öffnete sie die Tür. Oliver übergab ihr eine der drei Taschen.

»Ich gehe noch rasch mit nach oben.«

»Am Nachmittag gibt es Apfel-Rhabarber-Kuchen. Ihr könnt gerne beide kommen«, ergänzte ihre Oma, bevor sie sich wieder zur Treppe wandte. Oliver zwinkerte Carolin lächelnd zu, dann folgte er ihr.

Sie ließ die Tür gleich angelehnt und kehrte in die Küche zurück. Neugierig inspizierte sie, was er eingekauft hatte. Obenauf lag das knusprige Gebäck: Vollkornweckerl, Semmeln und zwei Brioche-Kipferl. Danach kamen Wurst und Schinken, Käse, ein Frischkäseaufstrich mit Kräutern und Cocktailtomaten zum Vorschein.

Erschrocken quiekte sie auf, als sich von hinten zwei Arme um sie legten. Sie entspannte sich jedoch sofort, als warme Lippen ihren Nacken berührten.

»Deine Oma ist ein absolutes Unikat«, stellte Oliver fest. Sie drehte sich zu ihm um und nachdem er ihr einen Kuss gegeben hatte, setzte er grinsend fort: »Sie hat mich gelobt, als sie die Kondome sah. Dabei hatte ich mir echt Gedanken gemacht, wie ich es schaffen könnte, sie an ihr vorbei zu schmuggeln.« Dann wurde er ernst. »Die vier Stockwerke sind schon hart für sie. Ich hoffe, der Lift funktioniert bald wieder!«

»Es war wirklich lieb von dir, dass du sie begleitet hast. Seit Opa vor eineinhalb Jahren gestorben ist, verbringt sie viel zu viel Zeit alleine.«

»Dabei strahlt sie richtig viel Energie aus. Wie alt ist sie?«

»Zweiundsiebzig. Sie ist sehr modern in ihren Ansichten und ich verstehe mich super mit ihr. Hast du auch noch Großeltern?«

»Ja, die Eltern meiner Mutter, aber sie sind schon über achtzig und bei Weitem nicht so fit wie Oma Gertrud.«

Carolin stutzte. »Nennst du sie jetzt auch so?«

»Ja, sie hat mich darum gebeten. Irgendwie cool, oder? Dabei sind wir gerade erst zusammengekommen.« Er legte die Arme um ihre Taille und zog sie an sich. »Die Nacht mit dir war unheimlich schön. Ich bin noch ganz high!« Sie küssten sich, dann löste er sich von ihren Lippen und grinste frech. »Aber Frühstück wäre trotzdem super!«

»Ich habe schon angefangen auszupacken. Wer soll denn das alles essen? Hast du vor, Mario auch dazu zu holen?«

»Willst du das denn?« Er schien ihre scherzhafte Frage ernst zu nehmen.

»Sonst gerne, aber nicht heute.«

»Puh, da habe ich aber Glück gehabt! Ich fürchtete schon, ich alleine reiche dir nicht!«

Sie stupste ihn mit dem Ellenbogen in die Seite. »Ganz im Gegenteil! Ich freue mich schon auf viele Stunden mit dir alleine.« Dann fiel ihr ihre Freundin wieder ein und sie erzählte ihm von deren Befürchtung, während sie die Lebensmittel aus ihrer Verpackung nahm und auf einen Teller legte. »Für unsere Freunde muss immer Zeit bleiben, oder?«

Oliver nickte. »Natürlich. Besonders Mario ist mir wichtig. Das war zum Beispiel ein Punkt, wegen dem es mit Anja ständig Krach gab. Ist das blöd, jetzt davon anzufangen?«, fragte er plötzlich verunsichert.

»Nein, schon okay. Zumindest, solange du mir nicht von ihr vorschwärmst.«

»Da gäbe es nicht viel. Nein, was ich sagen wollte, auch wenn wir jetzt zusammen sind«, er machte eine Pause und sah sie fragend an und Carolin nickte ihm lächelnd zu. »Also, auch dann brauche ich Zeit für mich. Für das Fitnessstudio zum Beispiel, oder auch, um mich mit Freunden zu treffen. Nur Männer natürlich«, betonte er. »Denn bei gemischten Runden wünsche ich mir, dass du mit dabei bist!«

»Da geht es mir gleich. Vertrauen gegen Vertrauen, aber keine Kontrolle.«

Ihm war sofort klar, dass sie auf die Beziehung ihrer Mutter zu ihrem Partner anspielte.

»Dann hätten wir das schon mal geklärt.« Er lächelte verschmitzt. »Dabei haben wir noch nicht mal richtig miteinander geschlafen. Du bist cool, das gefällt mir. Kein langes Herumgerede.« Erneut griff er nach ihr, um sie zu umarmen, doch sie entzog sich ihm.

»Erst Frühstück, dann alles Weitere!«

♥

Es war schon später Nachmittag, als Oliver in seine eigene Wohnung zurückkehrte. Zuerst dachte er, Mario wäre gar nicht zuhause, doch dann fand er ihn auf dem Balkon, das Anatomiebuch und eine halb volle Tasse Kaffee vor sich auf dem Tisch. Er stellte den Kuchen vor ihn hin, den ihm Oma Gertrud für seinen Freund mitgegeben hatte. Mario schrak hoch. Er war so ins Lernen vertieft gewesen, dass er Oliver überhaupt nicht gehört hatte.

»Hey, ich wollte schon eine Vermisstenanzeige aufgeben. Zumindest, bis ich euch drüben in der Wohnung gehört habe.« Er grinste von einem Ohr bis zum anderen und zwinkerte seinem Freund vielsagend zu.

»Ups, da hätten wir wohl die Balkontür zumachen sollen«, stellte Oliver schuldbewusst fest. Mario winkte ab.

»Kein Problem. Dann darf man dir also gratulieren?«

Oliver nickte und lächelte strahlend. Er setzte sich zu seinem Freund und antwortete mit gedämpfter Lautstärke. »Carolin ist der Wahnsinn. Ich will dich ja nicht mit Details langweilen, aber sie kommt dem, was ich mir von meiner Traumfrau erhoffe, schon gefährlich nahe. Sie ist nicht nur hübsch, sondern auch klug und liebevoll, kann kochen und auch sonst ... na, du weißt schon.«

»Na, da hat es dich ja ordentlich erwischt!« Sein Freund schmunzelte zufrieden.

»Ja, das stimmt. So sehr, dass ich Angst davor habe, sie wieder zu verlieren.«

»Warum solltest du? Worüber zerbrichst du dir schon wieder den Kopf?« Mario musterte ihn prüfend, dann zog er den Teller mit dem Kuchen zu sich heran und kostete.

»Lecker! Hat sie den gemacht?«

»Nein, Oma Gertrud, also Frau Kleiber aus dem vierten Stock ... lange Geschichte.« Oliver legte nachdenklich das Kinn in die Hand, während er seinem Freund beim Essen zusah.

»Also?«, bohrte Mario weiter. »Ich kann gleichzeitig genießen und zuhören.«

»Ich habe Angst, dass mir Kevin wieder in die Quere kommt«, gestand Oliver. »Du weißt ja, wie er ist.«

»Ja, er ist ein gerissener Fiesling, aber Carolin ist nicht Anja. Sie fällt auf so einen Typen nicht rein, da bin ich sicher. Und du solltest es auch sein.«

»Du hast bestimmt recht.« So richtig überzeugt klang er allerdings nicht. »Trotzdem ... Je weniger ich mit ihm zu tun habe, umso lieber ist es mir.«

»Na, das ist klar. Mach dir keine Sorgen, sondern hab ein bisschen Vertrauen zu deiner Traumfrau.« Erleichtert stellte er fest, dass sich sein Freund etwas entspannte. »Und jetzt erzähl mir, was es mit Oma Gertrud auf sich hat. Hat dich die alte Dame adoptiert, oder wie?«

Kapitel 9

Am Montagabend funktionierte der Lift noch immer nicht. »Was helfen mir die Räder, wenn der Aufzug kaputt ist?«, stöhnte Sonja und ließ ihren Trolley unsanft auf den Boden plumpsen, als sie den zweiten Stock erreichten.

»Sorry, ich hatte angenommen, dass sie ihn tagsüber reparieren würden.« Carolin trug einen Umzugskarton, der zwar groß, aber nicht sehr schwer war.

»Da kannst du doch nichts dafür! Mit der nächsten Ladung komme ich allerdings erst, wenn er wieder fährt. Vielleicht helfen uns auch Mario und Oliver, was meinst du? Ich hätte mit dem Umzug natürlich auch warten können, bis Tom aus seinem Urlaub zurück ist.«

»Warten und Geduld kommen in deinem Wortschatz ja allgemein eher selten vor«, neckte Carolin. »Jetzt stärken wir uns erst mal mit Kaffee und Kuchen. Ich habe ein neues Rezept für Beeren-Cupcakes ausprobiert. Ich bin selbst schon gespannt, wie sie gelungen sind.«

»Du musst mir beibringen, wie das geht. Viel falsch machen kann man dabei doch nicht, oder? Mensch, ich hab so viel aufzuholen, bis ich allein überlebensfähig bin.«

»Cupcakes zu backen würde ich jetzt nicht unbedingt zu den lebensnotwendigen Fertigkeiten zählen«, grinste ihre Freundin. »Aber ein bisschen kochen und backen zu können, schadet auf keinen Fall, vor allem, wenn man so gerne isst wie du!«

Carolin hatte soeben die Kaffeemaschine angestellt, als es an ihrer Tür läutete. Oliver stand davor. Er wirkte etwas abgekämpft und trug seine Sporttasche über die Schulter gehängt. Trotzdem lächelte er sie zärtlich an.

»Ich wollte dir nur sagen, ich bin wieder da. Nur für den Fall, dass du Sehnsucht nach mir hast! Oh, hallo Sonja!« Er hob grüßend die Hand, als die Blondine hinter ihr auftauchte. Dann schnupperte er. »Riecht es hier nach Kaffee?«

Carolin nickte. »Dazu gibt es frische Cupcakes. Ist Mario auch da?«

»Ja, er ist vermutlich bereits unter der Dusche und ich muss auch noch. Wir waren im Fitnessstudio. Heute lief es beim Hanteltraining schon deutlich besser«, berichtete er zufrieden. »Lasst ihr uns welche übrig? Dann kommen wir, sobald wir wieder annehmbar riechen.«

Sonja nickte gnädig. »Ja, für jeden einen oder so.«

Wenig später saßen sie zu viert auf Carolins Balkon. »Ein wenig eng hier. Gut, dass ihr nur noch eineinhalb Plätze braucht«, zog ihre Freundin das Pärchen auf, das sich eng aneinander kuschelte.

»Diese Dinger sind sensationell«, stellte Mario anerkennend fest und schnappte sich den nächsten Cupcake. »Diese Kombination aus flaumigem Kuchen, der süßen Creme und den säuerlichen Beeren ist das Beste, was ich jemals gegessen habe!« Er schloss die Augen und stöhnte genüsslich, als er hineinbiss.

»Gaumen-Sex nennt man das. Besser als keiner.« Sonja grinste frech und griff ebenso zu.

»Wie kommt es eigentlich, dass du solo bist?«, fragte Mario, als er den Mund wieder frei hatte. »Ich meine, die Männer müssen doch bei dir Schlange stehen.«

Sie nickte seelenruhig. »Tun sie auch. Aber bis jetzt war kaum jemand Interessantes dabei. Außerdem, diejenigen, die mich aus dem Krankenhaus kennen, wissen genau, wer ich bin und damit scheiden sie von vorneherein aus.«

»Warum das?«

»Weil ich nie sicher sein kann, ob sie nicht hinter meines Vaters Tochter her sind.« Sie leckte sich etwas Vanillecreme von ihren Fingerspitzen und schien nicht zu bemerken, dass ihr Mario wie gebannt zusah. »Ich habe es auch überhaupt nicht eilig. Wenn der Richtige kommt, werde ich es schon merken. Und dann macht es ›Bang‹, so wie bei euch!« Sie nickte ihrer Freundin lächelnd zu.

»Na, zuerst dachte ich auch, Oliver wäre ein aufgeblasener Idiot.« Carolin grinste.

»Aber nur, weil ich mir so große Mühe gegeben hatte, dir einen vorzuspielen.« Er strich ihr eine Haarsträhne aus dem Gesicht, bevor er sie küsste.

»Weißt du, was mich noch immer irritiert? Du hast mein Türschloss repariert und Oma hat mir den neuen Stecker an ihrem Staubsauger und das Hängeboard gezeigt, das du ihr montiert hast.«

»Ja, und?« Oliver sah sie ratlos an. »Was ist damit?«

»Für jemanden, der behauptet, mit Werkzeug nicht umgehen zu können, bist du ziemlich geschickt.«

»Ach so.« Er fing an, in seiner Kaffeetasse umzurühren, obwohl sie bereits halb leer und der Zucker längst aufgelöst war. Carolin spürte, dass sie da auf etwas gestoßen war, dass im unangenehm war.

»Eigentlich bin ich nicht ungeschickt. Und grundsätzlich hätte mir die Arbeit in der Werkstatt meines Vaters gefallen«, erzählte er nun stockend. »Es war Kevin, der es mir vermiest hat. Zu diesem Zeitpunkt war er ja bereits Geselle und wäre praktisch eine Art Vorgesetzter gewesen. Das wollte ich auf gar keinen Fall.«

»Was habt ihr bloß für ein Problem miteinander?«, fragte nun Sonja überrascht. »Mein Bruder ist auch fast fünf Jahre älter als ich, aber das war für mich eher hilfreich.«

»Dann sei froh!«, stieß Oliver hervor. Es war deutlich zu spüren, wie sehr ihn das belastete. »Kevins

Vater hatte meine Mutter sitzenlassen, als sie mit ihm schwanger war. Er hat ihn nie kennengelernt. Zwei Jahre später haben sich meine Eltern ineinander verliebt und mein Vater hat Kevin adoptiert. Als ich geboren wurde, war ich ihm vermutlich von Anfang an ein Dorn im Auge. Mama hat mir mal erzählt, dass er extrem eifersüchtig auf mich war und sie immer aufpassen musste, dass er mir nicht wehtat.«

»Das ist bis zu einem gewissen Grad doch normal, oder?«, warf Carolin ein.

»Ja, schon, aber er hat mich auch später getriezt, wo er nur konnte. Er hat mir meine Spielsachen weggenommen und versteckt, obwohl er damit ja ohnehin nichts anfangen konnte. Oder er hat etwas kaputt gemacht und es auf mich geschoben.«

»Hat dein Vater dich bevorzugt?«

»Nein, im Gegenteil, er spricht immer von seinen beiden Söhnen und es weiß ja auch kaum jemand. Wir tragen den gleichen Familiennamen. Trotzdem hat Kevin noch immer den Drang, mir alles wegnehmen zu wollen. Mein Vater war enttäuscht, als ich nicht ebenfalls in die Werkstatt einstieg, aber es ging einfach nicht.«

»Hat denn niemand mitbekommen, wie sich dein Bruder dir gegenüber verhält?«

»Nicht so richtig. Kevin ist da sehr geschickt. Dabei steht jetzt schon fest, dass er die Werkstatt später übernehmen wird.«

»Klingt wie eine fixe Idee. Seltsam. Wie ist das jetzt für dich?«

Oliver zuckte mit den Schultern. »Ich versuche, mich von ihm nicht provozieren zu lassen. Dumm ist nur, dass er daheim wohnen geblieben ist, und weil ich ihn meide, sehe ich auch meine Eltern kaum.«

»Sie könnten doch auch hierher kommen. Kennen sie deine Wohnung?«

»Einmal waren sie hier, kurz nachdem ich eingezogen bin, aber danach nie wieder.«

»Vielleicht warten sie nur darauf, dass du sie einlädst?«

Er sah Carolin überrascht an. »Da könntest du recht haben! Warum bin ich selbst noch nicht darauf gekommen?«

»Vielleicht bist du doch nicht so klug, wie ich dachte?«, neckte sie ihn und legte ihre Hand in seinen Nacken, um ihn an sich heranzuziehen. »Aber dafür hast du ja jetzt mich.«

»Stimmt.«

Als sich die beiden neuerlich küssten, verdrehte Sonja gespielt verzweifelt die Augen und griff nach dem nächsten Cupcake.

»Nimm«, forderte sie Mario auf, sich ebenfalls zu bedienen. »Die beiden leben ohnehin von Luft und Liebe. Uns bleibt nur diese süße Verführung.«

Wenig später ging Oliver auf die Toilette und Mario nutzte die Gelegenheit.

»Nur ganz schnell, bevor Oliver zurückkommt ...
Ich will euch vor Kevin wirklich warnen. Er ist ein
manipulatives Arschloch, das genau weiß, wie er jemanden in Versuchung führen kann. Er hat alles daran gesetzt, mich gegen Oliver aufzuhetzen. Sobald er
mitbekommt, dass ihr mit ihm befreundet seid, wird
er es auch bei euch versuchen, da könnt ihr Gift drauf
nehmen. Fallt bitte nicht auf ihn herein!«

»Aber warum? Was hat er davon?«

»Ich weiß es nicht. Irgendeine kranke Befriedigung, ihm was kaputtzumachen. Vielleicht macht er
es auch bei anderen, das will ich gar nicht so genau
wissen. Haltet euch von ihm am besten so fern wie
möglich.«

Die Frauen nickten betreten. Mario so eindringlich
zu erleben, hatte etwas Bedrückendes.

♥

In dieser Woche spielte sich ihre neue Beziehung
immer mehr ein und Carolin genoss es in vollen Zügen, dass sich Oliver sehr liebevoll und aufmerksam
zeigte. Sie verbrachten jede Nacht miteinander und
litten etwas unter Schlafmangel, aber das war es
ihnen allemal wert. Am Dienstagabend halfen alle
gemeinsam Sonja bei ihrem Einzug in die
Mädels-Wohngemeinschaft. Während die beiden
Männer auch am Mittwoch- und Freitagabend im Fitnessstudio trainierten, freuten sich die beiden Frauen,

unter sich zu sein. Am Freitag luden sie auch Oma Gertrud zum ›Frauentratsch‹ ein.

»Ich finde es gut, dass ihr Mädels jetzt zusammenwohnt«, stellte diese fest. »Meine Freundin und ich überlegen das auch. Ihr Mann ist vor einem halben Jahr gestorben. Sie fühlt sich so alleine und die Wohnung kann sie sich mit ihrer kleinen Rente auch kaum noch leisten.«

»Wow, das wäre doch perfekt«, meinte ihre Enkelin überrascht.

»Ja, zwei verrückte Alte, das hat was«, lachte Gertrud amüsiert. »Wir wollen beide mehr unternehmen, aber alleine fehlte uns bisher der Antrieb. Sie hat ihren Mann jahrelang gepflegt und einiges nachzuholen.«

»Wenn ihr Hilfe braucht, egal wofür, meldet euch«, bot Carolin sofort an.

»Ich weiß, Kleines, danke!« Sie lächelte warm. »Und, was tut sich bei euch?«

»Oliver hat für Sonntag seine Eltern zu sich eingeladen«, erzählte Carolin und füllte die Kaffeetassen wieder auf.

»Da hat er deine Idee aber schnell in die Tat umgesetzt. Gefällt mir«, stellte Sonja fest.

»Er will mich dabeihaben.« Carolins Miene verriet ihre gemischten Gefühle.

»Er will dich seinen Eltern vorstellen?«, fragte ihre Oma überrascht nach. »Also zu meiner Zeit machte man das erst, wenn man sich ziemlich sicher war, den Partner fürs Leben gefunden zu haben. Ist das jetzt anders?«

»Ich denke, das hält jeder, wie er will, aber ich habe schon den Eindruck, als ob es so gemeint ist. Er sagte, er hätte seit Jahren niemanden mit nach Hause gebracht.«

»Wow, und das nach einer Woche?« Sonja riss erstaunt die Augen auf.

»Das könnte aber auch ganz interessant sein«, gab Oma Gertrud zu bedenken. »Die Art, wie Menschen miteinander umgehen, ist oft aufschlussreich.«

»Da könntest du recht haben.« Carolin nippte nachdenklich an ihrer Tasse. »Jedenfalls habe ich das Gefühl, er will mir damit auch signalisieren, dass es ihm mit mir ernst ist.«

»Auf jeden Fall. Und dir?« Oma und Enkelin sahen sich in die Augen. Die Wangen der jungen Frau wurden rosig und sie strahlte plötzlich.

»Ich bin bis über beide Ohren verliebt. Bis jetzt habe ich nichts gefunden, das mich an ihm stört. Er kommt mir perfekt vor, aber das kann doch nicht sein?«

»Irgendeine Macke findest du bestimmt noch«, meinte die alte Dame schmunzelnd. »Aber solange es keine Gravierende ist, ist ja alles bestens. Genieß es einfach, Kleines, und mach dir keine Sorgen.«

Sonja nickte zustimmend. »Ich mag die Art, wie er mit dir umgeht. Fürsorglich, aber nicht einengend. Genauso, wie du es dir gewünscht hast, wenn ich mich an unsere vielen Gespräche in dieser Richtung erinnere.«

Carolin sah richtig glücklich aus und darüber freuten sich sowohl Freundin als auch Oma. »Ich hätte ja eher gedacht, dass du mit dem Rothaarigen zusammenkommst. Wie heißt er noch mal?«

»Mario«, antworteten beide Mädels gleichzeitig.

»Ich finde, dass er Prinz Harry ähnlichsieht. Ihr wisst schon, dem jüngeren der englischen Prinzen.« Oma Gertrud lächelte verschmitzt. »Nur ohne das ganze Königshaus hintendran.«

Sonja griff zu ihrem Handy und tippte darauf herum. »Stimmt eigentlich«, stellte sie erstaunt fest. »Das wäre mir gar nicht aufgefallen. Allerdings bin ich mit den Royals nicht so vertraut.«

Sie schob ihrer Freundin das Telefon über den Tisch und auch sie beugte sich über das Display. »Ja, okay, eine gewisse Ähnlichkeit hat er schon. Mario ist natürlich jünger.«

»Und viel cooler«, ergänzte Sonja und ihre Wangen färbten sich unter den amüsierten Blicken der beiden anderen Frauen rosa. »Na, ist ja wahr.«

Kapitel 10

»Das war eine wirklich gute Idee, meine Eltern hierher einzuladen. So entspannt unterhalten habe ich mich schon ewig nicht mehr mit ihnen. Danke, dass du dabei warst!« Oliver strahlte Carolin an und ihre Blicke versanken ineinander. Sie strich mit beiden Händen über seine Wangen und in dem Moment war er froh, dass er sich ausnahmsweise mal wieder rasiert hatte und sie Haut an Haut spüren konnte.

»Ich fand es schön, sie kennenzulernen und euch gemeinsam zu erleben. Man merkt, dass ihr euch liebt. Sie sind stolz auf dich, alle beide, und ich habe den Eindruck, dein Vater findet es letztendlich ganz gut, dass du diesen Weg eingeschlagen hast. Die Werkstatt scheint nicht allzu gut zu laufen.«

Oliver nickte. »Ja, er macht sich Sorgen, wie es damit weitergehen wird. Dass Kevin sich ausgerechnet an ihrer Bürokraft vergriffen hat, macht noch zusätzliche Probleme.«

»Für mich hat es gewirkt, als wären sie ehrlich schockiert darüber. Kann es sein, dass deine Eltern wirklich nicht mitbekommen haben, was er treibt?«

Er schüttelte den Kopf. »Da bin ich sogar sicher. Er hat zwei Gesichter, die er sehr geschickt einsetzt. Aber diesmal hat er einen Fehler gemacht. Mit einer Anzeige wegen sexueller Belästigung am Arbeitsplatz hat er bestimmt nicht gerechnet. Und Papa bringt er damit auch in Schwierigkeiten. So ein Idiot!«

»Hast du Lust, noch ein wenig spazieren zu gehen? Ich brauche ein bisschen frische Luft und Bewegung nach dem langen Sitzen.«

»Ja, gerne!«

Wenig später schlenderten sie Hand in Hand durch den Stadtpark. Die Abendsonne ließ das Grün der Bäume leuchten und es herrschte reges Treiben. Das schöne Wetter hatte viele Menschen aus ihren Wohnungen gelockt und alle Altersgruppen waren vertreten, vom Baby im Tragetuch bis zu einem alten Mann mit Rollator.

Carolin beobachtete eine Frau, die einen Kinderwagen schob und gleichzeitig auf ihre drei Kleinkinder acht gab. Er folgte ihrem Blick.

»Sieht stressig aus«, stellte er trocken fest. Sie biss sich auf die Lippe und fragte sich, ob sie die Frage stellen sollte, die ihr auf der Zunge lag. Da kam er ihr zuvor. »Hättest du gerne mal Kinder? Irgendwann?«

Sie nickte. »Ja, schon, am liebsten zwei. Einzelkind zu sein, ist nicht so lustig.«

»Zwei, aber mit wenig Altersunterschied«, ergänzte er zustimmend. »Nicht so, wie bei Kev und mir.«

Carolin grinste ihn an.

»Was?«, fragte er und schmunzelte ebenfalls.

Sie drückte seine Hand ein wenig fester. »Ich finde es gerade amüsant, mit dir hier zu spazieren und über ein solches Thema zu reden. Wir sind noch so kurz zusammen.«

»Stimmt, aber für mich fühlt es sich einfach richtig an mit dir. Seltsam, oder? Das hatte ich noch mit keinem Mädchen oder keiner Frau.« Er beugte sich zu ihr und drückte ihr einen zärtlichen Kuss auf die Lippen. »Erschreckt dich das?«

Sie überlegte einen Moment. »Nein, das ist nicht das richtige Wort. Es ist eher ein Staunen, wie gut es sich anfühlt. Dass es so sein kann. Irgendwie so selbstverständlich und doch so besonders.«

»Ja, genau.« Sein Lächeln vertiefte sich. Er zog sie aus der Mitte des Weges an den Rand und nahm sie fest in die Arme. Sie versanken in einem Kuss und die Stimmen und Geräusche um sie herum rückten in den Hintergrund. Für ein paar wertvolle Augenblicke gab es nur sie beide. Als sie weiter schlenderten, legten sie einander die Arme um die Taille und Carolin hakte ihren Daumen in die Gürtelschlaufe seiner Jeans.

Ein kleines Lokal mit ein paar Tischen davor kam in Sichtweite. »Bist du auch durstig? Wollen wir uns hinsetzen und etwas trinken?«

Carolin überlegte einen Moment. »Ja, gerne, aber hier im Freien ist es mir schon zu kühl.«

Drinnen war es sehr voll und nur an der Theke gab es ein paar freie Barhocker. Er sah sie fragend an und sie nickte zustimmend. Bald nippten sie entspannt an ihren Radlern.

»Ich habe die nächsten zwei Wochen Urlaub. Eigentlich hatte ich vor, ein paar Tage ans Meer zu fahren, nach Italien oder Kroatien, aber jetzt mag ich nicht weg ... ohne dich.«

»Schade, dass wir nicht früher darüber gesprochen haben. Aber wenn ich Matthias frage, könnte ich vielleicht gegen Ende der Woche freibekommen. Ich sollte ohnehin Urlaub nehmen, solange meine Kollegin noch da ist. Danach wird es schwierig.«

Oliver strahlte. »Das wäre super!«

»Aber ans Meer fahren ...« Sie zögerte.

»Willst du nicht ans Meer? Wohin denn sonst?«

Sie warf ihm einen kurzen Blick zu, dann sah sie wieder auf ihre Fingerspitze, mit der sie Kringel auf ihr beschlagenes Glas malte.

»Ich kann nicht wegfahren.«

»Warum denn nicht? Wegen deiner Hundesitter-Dienste?«

»Ach so, nein, das ließe sich regeln.« Endlich sah sie auf und meinte verlegen: »Ich kann mir das derzeit nicht leisten.«

»Das ist der Grund? Ja, denkst du, ich hab ein Problem damit, dich einzuladen?« Er beugte sich vor und küsste sie. »Ohne dich macht mir der ganze Urlaub keinen Spaß. Bitte, gib dir einen Ruck!«

»Ehrlich gesagt, habe ich ein Problem damit. So hat es bei Mama und Frank auch angefangen. Er hat sie eingeladen, ihr Geschenke gemacht ... Ich weiß schon, du bist nicht so, aber mir wäre es trotzdem lieber, wenn wir den Urlaub am Meer noch etwas verschieben würden.«

Sie sah ihn bittend an und er schluckte seine Enttäuschung hinunter. »Wenn es dir so wichtig ist, dann machen wir eben einfach ein paar Ausflüge, gehen schwimmen oder ein bisschen wandern. Es gibt eine Menge Dinge, die Spaß machen und nicht viel Geld kosten!«

Carolin strahlte. »Danke, das bedeutet mir sehr viel!« Sie beugte sich zu ihm und drückte ihm einen Kuss auf die Lippen. »Ich frage Matthias gleich morgen. Es klappt bestimmt.«

»Ich freue mich darauf, einfach viel Zeit mit dir zu verbringen. Das Meer läuft uns ja nicht weg!« Noch einmal küssten sie sich.

»Das stimmt. Soll ich dir was gestehen? Ich war noch nie am Meer. Dafür war einfach nicht genug Geld da.«

»Ich fuhr erst vor ein paar Jahren zum ersten Mal. Bei uns floss auch alles in die Werkstatt. Ich meine, es ging uns finanziell nie schlecht, aber Urlaub war

Luxus, auch von der Zeit her. Als Unternehmer gibt es keine fünf Wochen Urlaub im Jahr.«

»Stimmt und wir werden unseren genießen! Ach, wie toll!« Carolin glühte vor Freude. »Es ist doch Wahnsinn, was sich in den letzten Wochen getan hat! Ich bin so froh, dass ich diese Wohnung genommen habe, obwohl ich sie mir eigentlich gar nicht leisten konnte. Dabei wollte ich nur weg von Frank und in Omas Nähe. Und jetzt hab ich einen super süßen Freund!« Sie lächelte ihn strahlend an. »Und weißt du was, jetzt wo Sonja eingezogen ist und wir uns die Miete teilen, kann ich sogar meine Hundesitter-dienste aufgeben. Ich hatte schon befürchtet, dass mir das mit einem Vollzeitjob zu stressig wird.«

»Ja, es hat sich alles perfekt gefügt«, bestätigte Oliver mehr als zufrieden und streichelte über ihre Wange, während er ihr tief in die Augen sah.

»Jetzt wäre ich am liebsten mit dir daheim auf der Couch oder im Bett«, flüsterte ihm Carolin zu.

»Klingt gut. Ich geh noch schnell auf die Toilette, dann brechen wir auf, okay?«

Kaum hatte er den Platz an ihrer Seite verlassen, als sich ein anderer Mann hinsetzte.

»Entschuldigung, hier ist besetzt«, machte sie ihn aufmerksam.

»So? Ich sehe aber niemanden.« Er lächelte sie an und einen Moment fragte sie sich irritiert, ob sie ihn kennen sollte. War er vielleicht der Besitzer eines ihrer vierbeinigen Patienten? Er hatte hellbraunes, an den Seiten modisch kurz geschnittenes Haar und seine auffällig dunklen, wachen Augen schufen dazu einen reizvollen Gegensatz. Sein Lächeln war intensiv und ging ihr irgendwie unter die Haut.

Der Fremde fing die Bedienung ab, die an ihm vorbeieilen wollte und bestellte ein Bier. Er wandte sich wieder Carolin zu, dann erregte etwas hinter ihr seine Aufmerksamkeit. Sein Lächeln wurde breiter und wirkte plötzlich bei Weitem nicht mehr so anziehend. Als sie Olivers Worte hörte, begriff sie sofort.

»Kevin, was tust du hier?«

Seine Miene war eisig, doch sein Bruder ließ sich nicht aus der Ruhe bringen.

»Ich kam zufällig vorbei und hab euch gesehen.« Er wies zur offenen Tür. Es war durchaus möglich, dass er die Wahrheit sagte. »Da fand ich, es wäre eine gute Gelegenheit, deine neue Freundin in Augenschein zu nehmen. Gute Wahl.« Er ließ seinen Blick offen über die Rundungen ihrer Brüste streifen, was Carolin nicht schmeichelhaft, sondern einfach nur höchst unpassend fand.

»Lass die Finger von ihr!« Olivers Stimme bebte vor Anspannung.

»Meinst du? Ich weiß nicht ... Könnte sich lohnen. Noch mehr als deine Letzte. Da war ja nicht viel dran.« Sein Grinsen wurde noch eine Spur anzüglicher und provokanter.

Nun reichte es Carolin. »Du bist echt der letzte Kerl, den ich an mich ranlassen würde. Keine Frau mit Charakter und Stil würde das.« Sie wandte sich an die Bedienung, die gerade das volle Bierglas vor Kevin abstellte. »Der Herr bezahlt für uns.« Sie machte mit den entsprechenden Handbewegungen klar, was sie meinte. »Schönen Abend noch!«, flötete sie seinem Bruder entgegen, dann nahm sie Oliver bei der Hand und zog ihn fast aus dem Lokal.

Als sie außer Sichtweite waren, blieb er plötzlich stehen und umarmte sie fest. Seine Schultern zuckten und es dauerte einen Moment, bis sie begriff, dass Oliver nicht weinte, sondern lachte.

»Sein Gesicht werde ich bis an mein Lebensende nicht vergessen«, japste er. »Ich habe noch nie gesehen, dass ihm der Mund offenblieb.« Er löste sich ein wenig von ihr, um ihr in die Augen sehen zu können. »Du bist mein Mädchen! Dich geb ich nicht mehr her!«

»Das hoffe ich doch«, gab Carolin lächelnd zurück. Zärtlich legte sie ihre Hände an seine Wangen und küsste ihn. Ihr Herz war voller Wärme und Liebe und sie spürte, dass sie angekommen war.

Hand in Hand spazierten sie zurück nach Hause.

ENDE

Nachwort

Liebe Leserin, lieber Leser!

Ich bedanke mich sehr herzlich für Dein Interesse und Deine Zeit und hoffe, dass Dir der Kurzroman über Carolin und ihren Bad Boy, der gar keiner ist, gefallen hat. Diese Geschichte ist zu Ende, aber es gibt noch viel zu erzählen. Sonja hat uns schon einiges von sich verraten, doch von Mario wissen wir noch sehr wenig.

Was treibt ihn an, ausgerechnet Medizin zu studieren? Bleiben er und Sonja einfach nur Freunde oder wird vielleicht doch mehr aus ihnen?

Diese Fragen werden in einem weiteren Roman beantwortet! Bist Du neugierig geworden und willst mehr über die beiden und die vielen anderen Protagonisten wissen, die in meinen Büchern zum Leben erweckt werden?

Dann folge mir doch auf **Facebook:** https://www.facebook.com/isabella.lovegood.autorin

oder besuche mich auf meiner **Webseite:** https://www.Isabella-Lovegood.at. Hier kannst Du Dich auch für den unregelmäßig erscheinenden **Newsletter** anmelden, um immer auf dem Laufenden zu sein!

Auch auf **Instagram** bin ich zu finden: https://www.instagram.com/isabella_lovegood.

Ganz zum Schluss, doch trotzdem von ganzem Herzen, bedanke ich mich bei meiner lieben Kollegin Tamara Leonhard! Es hat mir großen Spaß gemacht, mit Dir gemeinsam dieses Buch zu veröffentlichen! Vielen Dank auch an meine Testleserinnen Kerstin Monzel sowie Silke und Vanessa Darmanović und meine Korrektorin Maria Heine, die mir geholfen haben, diesem Buch den letzten Schliff zu verleihen und es möglichst fehlerfrei zu verfassen.

Besonders herzlichen Dank muss ich natürlich auch an meinen lieben Mann aussprechen, der es nicht immer leicht hat mit mir. Schließlich muss er mich ständig mit imaginären Mitbewohnern teilen, die mich von der Realität ablenken.

Und jetzt gibt es noch den Beginn von Marios Geschichte, die ebenfalls bald erscheinen wird.

Ich wünsche Dir noch viel Spaß beim Lesen und alles Gute!
Liebe Grüße,
Deine
Isabella Lovegood

Leseprobe

Mario betrachtete das Regal prüfend und nickte zufrieden. Er hatte den Auftrag bekommen, alles aufzufüllen, was die Säuglingsschwestern brauchten, um die Neugeborenen zu versorgen. Windeln, Wundpuder und Nabelbinden, sterile Tupfer ... Alles lag in ausreichender Menge an seinem Platz.

Schwester Sigrid steckte den Kopf zur Tür herein. »Fertig? Die Visite kommt gleich!«

Mario nickte, doch bevor er den Raum verließ, ging er noch, wie immer, an den Bettchen entlang. Die winzigen Menschlein faszinierten ihn. Nirgends fühlte er sich dem ›Wunderwerk Mensch‹ näher als hier und das bestätigte ihm, dass er die richtige Berufswahl getroffen hatte, auch wenn der Weg dahin noch weit war.

Schneller als erwartet näherten sich Stimmen, dann betrat auch schon die Visite den Raum, allen voran Herr Universitätsprofessor Dr. med. Georg Willnauer, der ärztliche Leiter der Kinderwunsch- und Gebär-Klinik, in der Mario während des Sommers ein sechswöchiges Praktikum absolvierte. Der grauhaarige Arzt streifte ihn mit einem flüchtigen Blick, bevor er sich an Stationsschwester Verena wandte, um die aktuellen Fälle zu besprechen.

»Noch Fragen?« Das bezog die Krankenschwester und den ganzen Trupp mit ein, der ihn begleitete.

Niemand meldete sich und Dr. Willnauer nickte befriedigt. »Wenn Sie bitte vorausgehen? Ich komme gleich nach.« Alle drängten zur Tür hinaus. Mario hatte sich dezent im Hintergrund gehalten, was ihn nicht davon abgehalten hatte, aufmerksam zuzuhören. Es überraschte ihn, als der Arzt ihn nun ansprach.

»Herr Fischer, nicht wahr?«

Er spürte, dass ihm das Blut in die Wangen stieg, während er nickte und nähertrat. Würde er nun auch noch vom obersten Chef persönlich einen Rüffel für sein eigenmächtiges Handeln vor ein paar Tagen erhalten?

»Es freut mich, zu sehen, dass es dem kleinen Manuel gut geht.«

»Mich auch«, entschlüpfte Mario und sein Blick schwenkte automatisch zu dem Säugling im mittleren der fünf Bettchen. »Ich habe ganz instinktiv reagiert, auch wenn das gegen ...«, setzte er an, um sich zu verteidigen, doch der Professor stoppte seinen Redefluss.

»Sie haben sich vorbildlich verhalten und ich bedaure, dass Sie deshalb gerügt wurden.«

Mario blieb beinahe die Luft weg.

»Ihr beherztes und verantwortungsvolles Eingreifen hat möglicherweise ein Menschenleben gerettet oder zumindest, soweit wir das zum jetzigen Zeitpunkt feststellen können, Spätfolgen verhindert. Es war absolut richtig, sofort mit der Reanimation zu beginnen, nachdem Sie auf den Rufknopf gedrückt hatten. Es wäre wertvolle Zeit vergangen, bis jemand vom Pflegepersonal oder ein Arzt kam.« Er nickte ihm wohlwollend zu. »Ich habe mir Ihre Personalakte angesehen. Sie haben sich drei Mal um eine Praktikumsstelle bei uns beworben, bis Sie angenommen wurden. Das nenne ich hartnäckig. Und warum als Pflegekraft, obwohl Sie Medizin studieren?«

Mario musste sich zusammennehmen, um nicht nervös an seiner Kleidung zu zupfen. Ein persönliches Gespräch mit seinem großen Vorbild war mehr, als er zu hoffen gewagt hatte.

»Ich will den Klinikbetrieb auch von dieser Seite kennenlernen, weil ich der Meinung bin, dass es wichtig ist, die Abläufe und Problematiken zu kennen.«

»Guter Ansatz. Sie haben also vor, später in einer Klinik zu arbeiten?«

»Ja, das strebe ich an. Am liebsten in einer Spezialklinik wie dieser hier. Deshalb war ich auch so hartnäckig«, wiederholte er den Begriff, den der Arzt vorhin verwendet hatte.

»Wie weit sind Sie schon mit dem Studium?«

»Ich hoffe, in zwei Jahren fertig zu sein.«

»Bewerben Sie sich zeitgerecht bei mir. Gute, engagierte Assistenzärzte kann ich immer gebrauchen.« Der Professor nickte ihm zu und wandte sich zum Gehen, doch an der Tür drehte er sich noch einmal um. »Hätten Sie Lust, an der täglichen Visite teilzunehmen?«

Mario strahlte. »Selbstverständlich! Das wäre unheimlich interessant!«

Dr. Willnauer lächelte über seinen Eifer. »Ich regle das mit Schwester Verena.«

Als sich die Tür hinter ihm schloss, blieb Mario einen Moment regungslos stehen, dann fuhr er sich mit der Hand über das Gesicht. Der Professor war tatsächlich so wie sein Ruf: nicht nur eine fachliche Kapazität, sondern auch menschlich.

Als er am Abend mit seinen Freunden darüber sprach, strahlte Sonja vor Stolz über das ganze Gesicht.

»Das ist toll! Ja, so ist mein Papa!« Sie beugte sich vor und drückte spontan seinen Arm. »So ein Zufall, dass du dich ausgerechnet in der Klinik meines Vaters beworben hattest.« Ihre Hand auf seiner Haut löste ein Kribbeln aus, das auch nicht aufhörte, als sie sie längst wieder zurückgezogen hatte.

»Vor allem, weil das ja schon lange war, bevor wir dich überhaupt kennengelernt hatten«, ergänzte Carolin, ihre beste Freundin und Mitbewohnerin. Sie war vor drei Monaten in die Wohnung neben Mario und Oliver eingezogen, Sonja kurze Zeit später.

»Ich bewundere ihn sehr«, gab er zu. »Seine Fachartikel und Publikationen habe ich alle verschlungen.«

»Ja, er ist sehr angesehen. Deshalb gibt es lange Wartelisten für die Patientinnen. Er überlegt schon eine Weile, die Klinik um einen Anbau zu erweitern, aber ...« Sie schlug die Hand vor den Mund. »Ups, das hätte ich gar nicht ausplaudern dürfen. Vergesst das ganz schnell wieder, okay?« Hektisch strich sie über das Fell der dreifarbigen Katze, die zusammengerollt auf ihrem Schoss schlief. Kitty streckte sich und drehte sich auf den Rücken, um sich den Bauch kraulen zu lassen. Ihr Bruder Tiger sprang vom Sofa und setzte sich vor Sonja hin. »Du kannst doch nicht schon wieder hungrig sein?«

»Das ist bei ihm ein Dauerzustand«, lachte Oliver.

»Aber er sieht auch schon deutlich rundlicher aus als vor zwei Wochen, als wir ihn aus dem Tierheim holten«, lobte Carolin den kleinen Kater. »Komm, du Süßer, ich geb dir etwas in deinen Napf, damit du bald groß und stark wirst!«

Als sie sich wieder zu ihren Freunden gesetzt hatte, fragte Mario: »Wie geht es dir? Bist du noch immer so erledigt?«

Sie schüttelte den Kopf. »Nein, langsam gewöhne ich mich daran. Ich nutze die Mittagspause jetzt bewusst zum Entspannen, und bin dann auch noch bei den letzten Patienten des Tages fit.« Bis vor Kurzem hatte sie nur halbtags als Assistentin eines Tierarztes gearbeitet. Obwohl sie ihren Job liebte, war ihr die Umstellung anfangs schwergefallen, nach einer zweistündigen Pause auch noch am Nachmittag in der Praxis zu stehen.

»Für mich ist es ungewohnt, nach der Arbeit in eine leere Wohnung zu kommen«, merkte Sonja an.

»Vor allem, weil niemand da ist, der dich bekocht, nehme ich an«, neckte Carolin. Ihre Freundin widersprach nicht.

»Ja, das auch. Jetzt wird mir erst bewusst, wie sehr ich verwöhnt wurde. Aber ich bin ja bereits dabei, das zu ändern.« Sie griff hinter sich auf das Board. »Seht mal. Meine neue Bibel.«

»Lecker und schnell. Kochen für Anfänger«, las Oliver den Titel laut vor. »Das klingt gut. Schon etwas ausprobiert?«

»Ja, einiges. Die Pasta mit Thunfisch und Gemüse war echt lecker, oder?«, wandte sie sich Beifall heischend an Carolin.

»Sag jetzt ja nichts Falsches«, warnte Mario sie zwinkernd.

»Es war wirklich gut, da brauche ich gar nichts zu beschönigen. Und außerdem sehr angenehm, mich nach einem langen Tag nur noch an den Tisch zu setzen.« Sie lächelte ihrer Freundin zu. »Du bist eine tolle Mitbewohnerin!«

»Du könntest es dir doch mal ausleihen«, schlug Mario seinem Freund vor, der interessiert in dem Kochbuch blätterte. »Ich hätte auch nichts dagegen, wenn du mal den Küchendienst übernehmen würdest.«

»Oh, echt?«, fragte Oliver zurück und wirkte etwas erschrocken. »Du hast noch nie was gesagt. Oder doch, und ich habe es ignoriert?«

»Du bist bisher allem, was nur irgendwie mit dem Kochen zu tun hat, so vehement ausgewichen, dass ich es mir verkniffen habe. Ich koche ja gerne, aber gerade jetzt, wenn ich in der Klinik den ganzen Tag auf den Beinen bin, wäre es schon fein, wenn du das mal übernehmen würdest.«

Die beiden Frauen verfolgten das Gespräch amüsiert. »Wie lange wohnt ihr eigentlich schon zusammen? Ihr klingt wie ein altes Ehepaar.« Sonja grinste.

»Seit fünf Jahren. Mein damaliger Mitbewohner zog zu seiner Freundin, also habe ich inseriert. Mario hat sich gemeldet und es hat gleich gepasst. Wir haben Arbeitsteilung. Ich putze, er kocht.«

»Damals kam ich aus der Südsteiermark nach Graz, um zu studieren«, ergänzte der. »Ich war froh, nicht ganz alleine hier zu sein.«

»Anfangs waren wir ziemlich viel unterwegs, damit er das Stadtleben kennenlernte, aber sich die Nächte um die Ohren zu schlagen, ist für uns beide nichts.«

»Kein lockeres Studentenleben?«, fragte Sonja nach, obwohl ihr schon aufgefallen war, dass Mario das Studium sehr ernst nahm. Fast immer hatte er ein Fachbuch in Reichweite.

»Nein, ich will so schnell wie möglich fertig werden. Es dauert mir ohnehin schon fast zu lange.«

»Obwohl du wahnsinnig fleißig bist und fast jede Prüfung beim ersten Mal schaffst«, stellte Oliver anerkennend fest. »Das muss dir erst einmal jemand nachmachen!«

»Ein richtiger Streber also«, rutschte es Sonja heraus. Im nächsten Moment legte sie ihre Hand auf seine Schulter. »Entschuldige bitte, das war jetzt nicht böse gemeint! Ich finde es toll, dass du so ehrgeizig bist, ehrlich! Zum Studieren konnte ich mich gleich gar nicht aufraffen und mein lieber Bruder hängt schon ewig in seinem Maschinenbau-Studium herum und es ist kein Ende in Sicht. Papa wird langsam ungeduldig.«

Mario hatte ihre Bemerkung im ersten Moment tatsächlich getroffen, doch ihre Erklärung wirkte echt. Außerdem lenkte ihn die Wärme ihrer Hand ab, die durch sein Shirt und unter seine Haut drang. Seine Konzentration wanderte zu den wenigen Quadratzentimetern und beinahe hätte er vor Wohlgefühl die Augen geschlossen. Er atmete tief durch, dann beugte er sich nach vorne und griff nach seinem Glas. Dabei verloren sie den Kontakt und er fand gleichzeitig seinen Verstand wieder. Er konzentrierte sich darauf, wie der fruchtige Rotwein durch seine Kehle rann. ›Nur nichts anmerken lassen‹, hämmerte es in seinem Kopf, während sich auch eine gewisse untere Körperregion langsam wieder entspannte, die sich spontan mit Blut gefüllt hatte. Obwohl es ihm beinahe Angst machte, wie heftig er auf ihre Nähe reagierte, konnte er sich nicht dazu überwinden, mehr Distanz zwischen sich und Sonja zu bringen. Wenigstens diese von ihrer Seite ganz unbefangenen Kontakte durfte er heimlich genießen, auch wenn es ein bittersüßes Gefühl war, das schon an Masochismus grenzte. Was half es, von einer Frau zu träumen, die unerreichbar war? Mario zwang sich dazu, wieder dem Gespräch der anderen zu folgen, das sich mittlerweile um Carolins Auto drehte. Der alte Kombi machte beim Bremsen seltsame Geräusche und Oliver bestand darauf, damit in die Werkstatt seines Vaters zu fahren.

»Es wäre leichtsinnig, damit zu warten. Bis du wieder Geld auf dem Konto hast, ist vielleicht noch mehr kaputt oder du hast sogar einen Unfall. Ich strecke dir das Geld für Ersatzteile vor, falls du welche brauchst, was ich annehme. Papa soll sich den Wagen ansehen, damit ich wieder ruhig schlafen kann.«

Obwohl es ihr unangenehm war, von Oliver Geld anzunehmen, sah Carolin doch ein, dass er recht hatte. »Okay, danke. Soll ich mitkommen, oder willst du lieber alleine fahren?«

»Du kannst gerne dabei sein. Papa freut sich, dich zu sehen und ich werde mit ihm vereinbaren, dass wir erst nach den Öffnungszeiten kommen.«

»Das ist eine gute Idee. Dann begleite ich dich gerne!« Sie lächelte erleichtert.

Keiner von beiden hatte Lust, Olivers älterem Bruder zu begegnen, der ebenfalls in der Werkstatt arbeitete. Kevin kannte keine Skrupel und hatte ihm einmal die Freundin ausgespannt. Auch Carolin hatte er bereits angebaggert. Auf eine Wiederholung konnten sie gerne verzichten.

»Was macht ihr am Wochenende?«, wechselte Sonja das Thema. »Ich wette, etwas Interessanteres als ich.«

»Wir werden einfach nur ausspannen. Und du?«, erkundigte sich Carolin.

»Ich muss heim zu meinen Eltern. Mama hat für Samstagabend mal wieder eine ihrer berühmt-berüchtigten Cocktail-Partys angesetzt. Eine stinklangweilige Angelegenheit, bei der Tom und ich Anwesenheitspflicht haben. Ich wette, sie hat wieder potenzielle Heiratskandidaten für uns eingeladen.« Sie verzog das Gesicht, als hätte sie in eine Zitrone gebissen, während es Mario innerlich einen Stich gab, den er schnell wieder weg atmete.

»Ich bin am Sonntag bei meinen Eltern zum Mittagessen eingeladen«, berichtete er. Oliver nickte.

»Ja, genau, da leihst du dir ja mein Auto.« Die Freunde nickten sich zu. »Dann werden wir wohl den Sonntag ... zu Hause verbringen.« Er küsste Carolin zärtlich auf den Hals und es war allen Vieren klar, was er mit ihr vorhatte.

Mehr davon gibt es bald!
Abonniere meinen Newsletter, um nichts zu verpassen: https://www.Isabella-Lovegood.at. Das Anmeldeformular befindet sich direkt auf der Startseite ganz unten. Ich freue mich auf Dich!

Ein Cupcake zur Mittsommernacht

von Tamara Leonhard

Über den Roman:

Für Tobi läuft es gar nicht rund. Das Medizinstudium erfüllt ihn nicht, seine ehrgeizigen Eltern verstehen ihn ebenso wenig wie die Kumpels im Park. Als er nach einer durchzechten Nacht seinen Praktikumsplatz verliert, schickt ihn sein Vater auf ein Orientierungscamp nach Norwegen.

Der erste Hoffnungsschimmer begegnet ihm auf der Fähre: Die unverbesserliche Optimistin Cleo bereitet ihm nicht nur Herzklopfen, sondern entpuppt sich auch als wahrer Engel an seiner Seite. Gemeinsam begeben sie sich auf eine emotionale Suche nach dem, was wirklich zählt.

Kapitel 1

»Tobias? Würden Sie wohl bitte einen Augenblick herkommen?« Die Stimme der Stationsleiterin klang so gefährlich freundlich, dass Tobi ein eiskalter Schauer über den Rücken lief.

Natürlich hatte sie ihn bemerkt! Bei dem Geruch, der ihn umgab, war es völlig unmöglich, sich unauffällig im Dienstzimmer zu bewegen, wo er sich einen raschen Überblick über die bevorstehende Schicht hatte verschaffen wollen. Er hielt die Luft an und drehte sich zögernd zu ihr um. So vorsichtig, als näherte er sich einer tickenden Bombe, setzte er einen Fuß vor den anderen.

»Nun kommen Sie endlich her«, befahl sie ungeduldig.

Seine Schultern sackten zusammen. Er senkte den Kopf und stellte sich artig wie ein Chorknabe vor ihr auf.

»Wo waren Sie vorhin bei der Schichtübergabe?« Ein kühles Lächeln umspielte ihre Lippen.

»Ich, ähm. Also ...« Er schluckte und strich sich die blonden Haare aus den Augen. Seit einiger Zeit ließ er sie wachsen, konnte sie jedoch in ihrer aktuellen Zwischenlänge noch nicht zusammenbinden, was ihm schon des Öfteren kritische Blicke der Stationsleiterin eingebracht hatte. Rasch ließ er die Hand wieder hinter dem Rücken verschwinden.

Das hier war ein gefundenes Fressen für den alten Drachen. Die hatte ihn doch vom ersten Tag an auf dem Kieker gehabt! Und er hatte nichts Besseres zu tun, als ihr seinen eigenen Kopf auf dem Silbertablett zu präsentieren. Am liebsten hätte er sich selbst geohrfeigt. Aber Selbstvorwürfe brachten ihn jetzt auch nicht weiter.

Er atmete tief durch und schaffte es endlich, ihr in die Augen zu sehen. »'Tschuldigung. Ich hab leider verschlafen.«

Das stimmte sogar, auch wenn er ihr natürlich verschwieg, dass er nicht bloß seinen Wecker überhört hatte. Vielmehr war er während der Geburtstagsfeier eines Kumpels mitten im Park betrunken eingeschlafen.

Himmel, sie waren komplett abgestürzt! Was in der Nacht alles vorgefallen war, konnte Tobi beim besten Willen nicht mehr rekonstruieren. Was er aber nie vergessen würde, war der Moment, in dem er frierend unter einer Hecke aufgewacht war. Sein Bein hatte in der Pfütze einer umgefallenen Bierflasche gelegen und in seinem Haar hatten sich Blätter und kleine Zweige verfangen. Schlaftrunken hatte er auf die Uhr geblickt. Doch als der verschwommene Zeiger allmählich feste Konturen annahm, war er mit einem Schlag hellwach! Er hatte noch genau zehn Minuten Zeit, um im Krankenhaus aufzutauchen, wo er gerade sein Pflegepraktikum absolvierte, nachdem er mit Ach und Krach die ersten zwei Semester des Medizinstudiums geschafft hatte.

Seine Klamotten stanken erbärmlich. Irgendjemand hatte ihm Rotwein übers Shirt gekippt und als er hektisch aufsprang, vollführte die Welt dank des Restalkohols die wildesten Drehungen. Kurz überlegte er, ob er sich nicht lieber einen Krankenschein besorgen sollte. Im Nachhinein hätte man das wohl für die bessere Idee halten mögen. Stattdessen war er in seinem desolaten Zustand mit einer Viertelstunde Verspätung in den Umkleideraum gestolpert, wo wenigstens noch ein sauberes Pflegeoutfit im Spind gelegen hatte. Er hatte sich rasch eine Handvoll Pfefferminzbonbons in den Mund geschoben, sich mit Deo eingesprüht und war zum Dienstzimmer geeilt.

Natürlich saß ausgerechnet die Schichtleiterin dort gerade am Computer. Er hatte heute wirklich kein Glück! Die Alte konnte ihn schon alleine deshalb nicht ausstehen, weil sein Vater ihm den Praktikumsplatz organisiert hatte. Der war Oberarzt auf einer anderen Station und sie hatte vom ersten Moment an nicht damit hinterm Berg gehalten, was sie von Vetternwirtschaft hielt.

Jetzt blickte sie ihn jedoch überraschend verständnisvoll an. »Ja, die Frühschicht macht vielen in der ersten Zeit Probleme«, sagte sie ruhig.

Tobi legte den Kopf schief. Ließ sie ihm diesen unmöglichen Auftritt etwa durchgehen?

Gerade, als ein erleichtertes Lächeln an seinen Mundwinkeln zupfte, donnerte sie los: »Allerdings ist es eine Sache, zu spät und unrasiert wie ein Hippie hier aufzutauchen. Sie jedoch scheinen unterwegs auch noch in ein offenes Weinfass gefallen zu sein, oder wie erklären Sie mir diesen abscheulichen Gestank?«

Verdammt! Er schluckte schwer und suchte verzweifelt nach den richtigen Worten: »Es ... Ich ... Also ...« Nervös fuchtelte er mit den Händen in der Luft herum. Er musste sie unbedingt irgendwie besänftigen. Er brauchte dieses Praktikum. Und vor allem: Er wollte dieses Praktikum!

»Schluss mit dem Gestammel«, unterbrach sie ihn in einem Ton, der keinen Widerspruch duldete. »Gehen Sie nach Hause und schlafen Sie Ihren Rausch aus. Sie glauben doch nicht etwa, dass ich Sie so auf die Patienten loslasse?«

Tobi blieb fast der Atem weg, so heftig hämmerte sein Herz gegen den Brustkorb. Das klang nicht gut!

Warum nur hatte er sich gestern Abend nicht zusammenreißen können? Stattdessen hatte er leichtfertig hingenommen, Ärger auf der Arbeit zu bekommen. Dabei war er doch in den zwei Wochen, seit er sein Praktikum begonnen hatte, zufriedener gewesen als all die Monate im öden Hörsaal! Endlich hatte er das Gefühl, etwas Sinnvolles zu tun. Er liebte es, den Patienten dieses kleine, erfreute Lächeln aufs Gesicht zu zaubern, wenn er fröhlich vor sich hin summend in ihr Zimmer kam und sie mit einem witzigen Spruch oder ein wenig Small Talk von ihren Schmerzen ablenkte.

Von einem Lächeln war auf dem Gesicht der Schwester allerdings nichts mehr zu sehen. Mit zusammengekniffenen Augen und versteinerter Miene fixierte sie ihn.

»Ich ... äh ...«, begann Tobi stockend, ehe er endlich seine Sprache wiederfand. »Soll ich vielleicht zur Mittagsschicht wieder-« Weiter kam er nicht.

»Nicht nötig. Weder zur Spätschicht, noch zu sonst etwas. Haben Sie eigentlich verstanden, dass es hier um Menschenleben geht? Sie können hier nicht beduselt daherkommen, als wären wir bloß in Ihrem feinen Hörsaal. Wenn Sie das noch immer nicht begriffen haben, sind Sie hier schlichtweg falsch!« Sie hatte sich komplett in ihren Ärger hineingesteigert und ihr scharfer Ton ließ kalten Schweiß auf Tobis Stirn treten. »Sie glauben wohl, nur weil Ihr Vater Arzt ist, fällt Ihnen alles von alleine zu, ja? Aber ich sage Ihnen eins: Es gibt genug junge Leute, die hier Schlange stehen für einen Praktikumsplatz. Vielleicht haben die kein Vitamin B, das ihnen weiterhilft, aber ich für meinen Teil halte von Ehrgeiz, Pflichtbewusstsein und ein wenig Dankbarkeit für die eigenen Möglichkeiten ohnehin wesentlich mehr.«

Er starrte sie entsetzt an. Das wilde Pochen breitete sich von seiner Brust in sämtliche Adern aus. »Was heißt das?«, flüsterte er atemlos.

»Das heißt, dass Sie abwarten werden, was die Pflegedienstleitung zu der Sache sagt. Wenn es nach mir geht, dürfen Sie sich gerne im nächsten Jahr noch einmal um einen Praktikumsplatz bewerben, wenn Sie hoffentlich gelernt haben, Ihre Partys dann zu feiern, wenn Sie keinen Dienst haben. An Ihrer Stelle würde ich mich dann aber nicht mehr auf die guten Verbindungen des Herrn Papa verlassen.« Damit wandte sie sich von ihm ab.

Tobi wagte nicht, noch etwas zu sagen. Wie ein geschlagener Hund schlich er den nicht enden wollenden Gang hinunter. Das hektische Treiben um ihn herum nahm er kaum wahr.

Es war vorbei. Er hatte versagt.

Der offizielle Rausschmiss und das Donnerwetter seines Vaters ließen nicht lange auf sich warten.

»Sag mal, hast du dir jetzt endgültig die letzten Gehirnzellen weggesoffen?« Mit hochrotem Kopf knallte sein Vater ihm das Schreiben der Klinik gegen die Brust. »Nicht nur, dass du deine eigene Zukunft einfach die Toilette runterspülst. Nein, meinen Ruf ruinierst du ohne mit der Wimper zu zucken gleich mit!« Er tigerte vor seinem Sohn hin und her und lief sich regelrecht in Rage.

Tobi wurde währenddessen immer kleiner. Sein Vater hatte schließlich vollkommen recht! Was hatte er sich bloß die letzten Wochen gedacht? Anstatt zu lernen, hockte er in seiner Unzufriedenheit mit sich und der Welt ganze Nächte bei den Kumpels im Park. Sie soffen, kifften und hielten sich für philosophische Rebellen, die sich dem angepassten Denken der Gesellschaft verwehrten.

»Tobias, verstehst du denn nicht, dass wir uns Sorgen machen?«, jammerte seine Mutter mit weinerlicher Stimme. »So kann es doch nicht weitergehen.«

Er schnaubte leise. Als ob er das nicht selbst wüsste! Eine tiefe Zerrissenheit hatte ihn schon seit dem Abitur mehr und mehr erfasst. Er wollte raus aus der Spirale aus Karriere, Eigenheim und Geldstreben, die seine Eltern ihm vorlebten und die ihm so sinnlos erschien. Und doch war er nicht bereit, alles hinzuschmeißen, so wie einige der Jungs aus dem Park es taten. *Angepasster Spießer* nannten sie ihn, wenn er sich auf den Weg zur Uni machte.

Ihm war, als passte er nirgends hinein. Im Spannungsfeld zwischen Eltern und Freunden besuchte er gerade so viele Vorlesungen und Kurse, dass er noch zu den Klausuren zugelassen wurde und lernte immerhin genug, um die Mindestpunktzahl zu erreichen. Doch dazwischen ließ er sich bereitwillig zu allem hinreißen, was ihn davon ablenkte, über sich und seine Zukunft nachdenken zu müssen.

»Tut mir leid«, murmelte Tobi geknickt. »Ehrlich.« Vorsichtig schielte er zu seinem Vater hoch.

Doch die Entschuldigung schien seine Wut nur noch weiter anzufachen. »Das macht die verächtlichen Blicke meiner Kollegen auch nicht ungeschehen«, knurrte er. »Nein, so einfach läuft es nicht mehr.« Er verließ den Raum, um kurz darauf mit einem Stapel Unterlagen zurückzukehren.

Dass sein Vater sich etwas würde einfallen lassen, wenn er nicht bald zur Vernunft käme, hatte er schon vor einer Weile angedroht. Tobi hatte mit den üblichen Spielchen gerechnet. Entzug seines WLAN-Zugangs, Streichen der finanziellen Extras oder Verrichten nerviger Aufgaben. Der Rebell in ihm legte sich bereits die passenden Antworten zurecht.

Doch dieses Mal überraschte er ihn! *Orientierungscamp* stand in dicken Lettern auf dem obersten Blatt des Papierstapels, den sein Vater ihm in die Hand drückte. Mit gerunzelter Stirn überflog Tobi den Infotext. Er kannte das Logo in der rechten oberen Ecke des Prospekts. Es gehörte zu der sozialen Einrichtung, dessen Leiter ein enger Freund seines Vaters war. Was hatte das zu bedeuten? Sein Puls stieg an und Beklemmung legte ihre kalten Finger eng um seine Kehle. Er schluckte mehrmals dagegen an.

»Was soll'n das sein?« Hastig blätterte er durch die losen Blätter. Offenbar handelte es sich um ein zweiwöchiges Programm in Norwegen, das verhaltensauffälligen Kindern, Jugendlichen und jungen Erwachsenen den Weg in ein geregeltes Leben erleichtern sollte. »Da steht mein Name!«, stellte er verwirrt fest, als ihm das ausgefüllte Anmeldeformular zwischen die Finger geriet.

»Sehr richtig. Gunnar hat mir noch einen Gefallen geschuldet und für dich einen Platz im nächsten Camp organisiert. Am Samstag geht es los.« Er nahm seinem Sohn die Blätter aus der Hand und suchte eine Liste heraus, die er ihm vor die Nase hielt. »Sieh zu, dass du bis dahin alles besorgst, was hier steht.« Er zog den Geldbeutel aus der Gesäßtasche und reichte Tobi ein paar Scheine. Mit einem warnenden Grollen fügte er hinzu: »Und komm ja nicht auf die Idee, dir von dem Geld auch nur einen Tropfen Alkohol oder ein Gramm Gras zu kaufen!«

Fassungslos starrte Tobi auf die Liste. *Wetterfeste Kleidung, Wanderschuhe, Sportbekleidung, Schutzhandschuhe ...* Nichts deutete auf einen entspannten Aufenthalt hin.

Er tippte sich an die Stirn. »Ihr spinnt wohl. Ich lass mich doch nicht in ein Drill-Camp schicken!«

Seine Mutter legte ihm behutsam ihre Hand auf die Schulter. »Tobias, das ist doch kein Drill-Camp. Es geht dort bloß darum, sich wieder zu fangen und

Klarheit zu bekommen, wohin man im Leben möchte.«

Gerade wollte er zu einer gepfefferten Antwort ansetzen, als sein Vater das Thema unmissverständlich beendete: »Junge, du hast die Wahl. Entweder, du fährst dorthin und benimmst dich, oder du siehst in Zukunft zu, wie du alleine zurechtkommst.« Seine Halsschlagader trat pochend hervor. »Es ist mir verdammt ernst! Ich werde nicht weiter tatenlos zusehen, wie du es dir hier bequem machst und mein hart erarbeitetes Geld versäufst.«

Ob es nun die Angst war, dass seine Eltern ihn wirklich aus dem Haus werfen würden oder der Ärger über sich selbst, den Praktikumsplatz in den Sand gesetzt zu haben, konnte Tobi gar nicht so genau sagen. Doch vier Tage später saß er tatsächlich in einem Reisebus, der ihn zusammen mit drei anderen Jungs in seinem Alter, fünf Teenagern, einem halben Dutzend lärmender Kinder und einem siebenköpfigen Betreuerteam nach Norwegen brachte. Es war später Abend und ihnen stand zunächst eine mehrstündige Fahrt bis zur Fähre bevor. Er wollte versuchen, ein wenig zu schlafen. Aber noch herrschte zu viel Aufregung im gesamten Bus. Vorne schnatterten die kleineren Reisegäste wild durcheinander, in der letzten Reihe beschnupperten sich die Älteren.

Wenn er den Typen aus seiner Gruppe so zuhörte, fühlte er sich vollkommen fehl am Platz. Das waren Kerle ohne Abschluss, ohne Zukunft und ohne die Fähigkeit, komplexe grammatikalisch korrekte Sätze von sich zu geben. Was sollte er hier? Er war doch Medizinstudent. Er hatte eine Perspektive! Er musste ja bloß aufpassen, dass er ab sofort das Feiern etwas reduzierte.

Seine überheblichen Gedanken hielten der Realität, die ihn umgab, jedoch nicht lange stand. Als sie im Morgengrauen das nördliche Ende Dänemarks erreichten, hatte sich Tobis Gefühlslage von rebellisch genervt zu nachdenklich in sich gekehrt gewandelt. Stumm hörte er zu, wie die Jungs aus ihrem Leben erzählten. Er kam sich vor, als sei er in eine dieser Scripted Reality Shows gepurzelt. Sandro vercheckte Drogen, Marvin geklaute Handys. Deniz versuchte immerhin gerade, per Abendschule seinen Abschluss nachzuholen, nachdem seine Freundin zum zweiten Mal versehentlich schwanger geworden war. Früher hatte er als Hilfsarbeiter in einer Fabrik gearbeitet. Doch als er wiederholt stoned zur Arbeit erschienen war, hatte sein Chef ihn rausgeworfen. Seither ging er keiner Tätigkeit mehr nach. Das Orientierungscamp zu finanzieren war offenbar der letzte Versuch seiner Großmutter, ihm einen Weg zu ebnen. Tobi erkannte eine Dankbarkeit in Deniz' Stimme, die ihn nachdenklich werden ließ.

Sandro und Marvin schienen das jedoch nicht nachzufühlen. »Mein Erzeuger will sich doch bloß ein gutes Gewissen kaufen, nachdem er bisher komplett versagt hat«, schimpfte Sandro und Marvin stimmte ihm lauthals zu.

Tobi schwieg. Er grübelte über Deniz' Werdegang nach, der ihm wie ein Déjà-vu erschien. *Kündigung wegen Betäubungsmittelmissbrauchs.* War er selbst mit seinem erbärmlichen Auftritt im Krankenhaus etwa auf demselben Weg wie Deniz? Allmählich ergriff ihn der unangenehme Gedanke, dass er geradewegs auf einen Absturz zusteuerte, wenn er nicht bald die Kurve bekam.

Kapitel 2

»Cleo, ich habe eine kleine Bitte an dich.«

Die junge Frau zuckte zusammen, als sich die schwere Hand des Gruppenleiters auf ihre Schulter legte. Raphael stand zu ihr gebeugt im Gang und bemühte sich, die Bewegungen des Reisebusses auszubalancieren.

»Oh, tut mir leid, hast du geschlafen?« Er rutschte neben sie auf den freien Platz.

Cleo schüttelte den Kopf. »Nur gedöst. Was gibt's denn?« Ein Blick aus dem Fenster verriet ihr, dass sie gleich auf die Fähre auffahren würden. Sie tastete auf ihrem Kopf nach dem Knoten, mit dem sie ihre Dreadlocks während der Fahrt zusammengehalten hatte, und löste ihn. Sofort fielen ihr die dunkelroten Strähnen über die Schultern.

»Ich weiß, wir haben dir gesagt, dass du während der Überfahrt frei hast«, begann Raphael, »aber ich würde dich bitten, trotzdem ein Auge auf die Jungs zu haben. Egal aus welcher Altersgruppe. Es reicht auch völlig, wenn du einem von uns Bescheid sagst, falls du den Eindruck hast, jemand braucht Hilfe oder macht Blödsinn.«

Sie nickte. »Klar, kein Problem.«

»Danke dir. Wie gesagt, prinzipiell kannst du dir die Zeit frei gestalten. Sieh es bitte nicht als Zusatzdienst.«

Sie lachte. »Schon gut, Rapha, du brauchst dich nicht zu entschuldigen.« Cleo war froh, den Aushilfsjob in diesem Camp überhaupt ergattert zu haben. Es war sicherlich nicht die schlechteste Art, ihr Ausbildungsgehalt während des Urlaubs ein wenig aufzubessern. Schließlich hatte sie seit Jahren davon geträumt, einmal nach Skandinavien zu reisen. Und mit diesen Möchtegernrebellen würde sie schon zurechtkommen, hatte sie doch jahrelang auf ihren aufgedrehten kleinen Bruder aufgepasst, während ihre Eltern arbeiteten. Von dem hatte sie sich in seiner pubertären Rotzphase auch nichts bieten lassen.

»Danke«, wiederholte Raphael, ehe er sich aus dem Sitz schob und nach vorne zum Fahrer ging, wo er sich das Mikrofon schnappte und zu einer Ansprache über das Verhalten auf der Fähre ansetzte. Cleo war beeindruckt, wie der Campleiter es schaffte, sofort die Aufmerksamkeit aller Mitreisenden auf sich zu lenken. Amüsiert erinnerte sie sich an die verzweifelten Versuche ihrer ehemaligen Lehrer, die Schüler auf Klassenfahrten zum Zuhören zu bewegen. Kaum jemand hatte damals die Durchsagen im Bus beachtet. Doch wenn Raphael sprach, wurde es dank seiner souveränen Art schlagartig still.

Nachdem der Reisebus endlich den Platz auf dem Parkdeck eingenommen hatte, wartete Cleo geduldig auf ihrem Sitz, bis alle ausgestiegen waren. Dann erst erhob auch sie sich. Als sie aus dem Bus trat, füllte eine Mischung aus salziger Meeresluft und Autoabgasen ihre Lungen. Sie versuchte, sich einen Anhaltspunkt für den Standort des Busses zu merken, ehe sie ihren Mitreisenden zum Treppenhaus folgte, das hinauf in den Aufenthaltsbereich des Schiffes führte.

Eine einladende Hotelatmosphäre mit weichen Teppichen, gepolsterten Sesseln und einem breiten Angebot an Restaurants, Unterhaltungs- und Einkaufsmöglichkeiten empfing sie, nachdem sie das muffige Treppenhaus hinter sich gelassen hatte. Die Kinder aus dem Bus schnatterten aufgeregt durcheinander, während die Teenager und die kleine Gruppe junger Erwachsener sich um unbeeindruckte Coolness bemühten. Raphael trieb zusammen mit seiner Kollegin Aylin die Kleinen vor sich her. Zwei andere Betreuer motivierten die Teenager dazu, ihnen zu folgen. Nur die vier volljährigen Jungs hatten unter strengen Ermahnungen die Erlaubnis erhalten, sich frei auf der Fähre zu bewegen.

Cleo beobachtete aus dem Augenwinkel, wie sich ein schlaksiger Typ von der Truppe absetzte und allein davonschlenderte. So recht passte er nicht zu den anderen, fand Cleo. Er wirkte eher nachdenklich als vorlaut. Mit seinem halblangen, blonden Haar, dem stoppeligen Kinn und den lässigen Klamotten sah er ein wenig aus wie Kurt Cobain, was ihm ohne sein eigenes Zutun schon einen Bonuspunkt bei ihr einbrachte. Cleo grinste und beschloss, sich erst einmal

einen Überblick zu verschaffen, was die Fähre so zu
bieten hatte.

♥

Tobi lehnte gedankenverloren an der Reling der
Fähre und starrte aufs Meer hinaus. Der Wind blies
ihm die Haare in die Augen, doch er störte sich nicht
daran. Am Horizont wurde das Festland allmählich
kleiner und ihm war, als würde damit auch ein Stück
seines bisherigen Lebens für immer verschwinden.
Fast wurde ihm feierlich zumute. *Auf zu neuen
Ufern,* wie man so schön sagte. Er hatte keine Ahnung, woher diese Vorahnung kam. Und eigentlich
wollte er auch gar nicht wahrhaben, dass die Idee seines Vaters, ihn auf diese Reise zu schicken, irgendetwas Positives bergen konnte. Doch eine leise Stimme
flüsterte ihm zu, dass eine Veränderung bevorstand.

Wenn die bisherige Fahrt ihm eines klargemacht
hatte, dann, dass sich etwas ändern musste. Weder
wollte er wie sein Vater in die *feine Gesellschaft* aufsteigen, noch komplett abstürzen wie der Rest seiner
Gruppe hier. Sein fester Entschluss, sich dem Orientierungscamp aus Prinzip zu verweigern, war einer
verhaltenen Hoffnung gewichen, in Norwegen fernab
des Berliner Großstadtlärms tatsächlich zu sich zu
finden und einen Plan für die Zukunft zu entwickeln.
Auch wenn er keine Ahnung hatte, wie der aussehen
mochte! Gab es überhaupt einen Platz für ihn in

dieser Welt, an dem er keine faulen Kompromisse eingehen musste?

»Na?«

Er zuckte zusammen.

Ein Mädchen mit dunkelroten Dreadlocks lehnte sich neben ihn und grinste ihn breit an. »Sorry, ich wollte dich nicht erschrecken.«

»Schon okay«, murmelte er und musterte sie neugierig. Sie hatte ein süßes Gesicht mit einer kleinen Stupsnase und tiefen Grübchen in den Wangen. Sie musste so wie Tobi Anfang Zwanzig sein, höchstens ein oder zwei Jahre älter als er. Schon bei der Abfahrt und während der Pausen hatte er sie von Weitem bei den Betreuern stehen sehen. War sie nicht zu jung, um als Mitarbeiterin dabei zu sein?

»Ich bin Cleo«, sagte sie und streckte ihm die Hand hin. Ihr Handgelenk war mit unzähligen bunten Armbändern geschmückt.

Er ergriff ihre Hand und erwiderte etwas einsilbig: »Tobi.«

Sie lächelte ihn freundlich an. »Hi Tobi. Na, keinen Bock auf die anderen aus deiner Gruppe?« Mit dem Kopf wies sie auf die Jungs, die sich in einiger Entfernung auf die Liegen gefläzt hatten.

»Nee. Nich' so mein Fall.«

Sie nickte bloß.

»Und du? Was machst du hier?«

»Ich soll die Kleinen bespaßen.« Sie strich sich eine mit silbernen Perlen verzierte Strähne aus dem Gesicht. »Ist ein Sommerjob. Also ich bin keine Betreuerin im eigentlichen Sinne, dazu fehlt mir das entsprechende Studium. Deswegen hab ich auch grade frei. Dafür hab ich im Camp dann Küchendienst und so. Aber eigentlich mach ich grade ne Ausbildung zur Maskenbildnerin. Ich komm jetzt ins zweite Jahr«, erzählte sie munter drauflos.

»Und da verbrauchst du deinen Urlaub für so was?«, fragte Tobi ungläubig.

Sie lachte ein raues Lachen, das ihm eine Gänsehaut bescherte. »Na ja, 'n bisschen Extrakohle kann ich gut gebrauchen. Und wenn schon im Urlaub arbeiten, dann lieber in diesem Camp, als in irgendeiner Fabrik am Fließband oder so.«

Beschämt blickte er zu Boden. Dass nicht jeder so eine fürstliche finanzielle Unterstützung von seinen Eltern in den Hintern geschoben bekam wie er, hatte er gar nicht bedacht.

Cleo fuhr unbeirrt fort: »Außerdem wollte ich schon immer mal die Mitternachtssonne sehen. Is' doch der Hammer!«

Er legte den Kopf schief. Sie hatte recht. Vor lauter Ärger wegen der eigenmächtigen Entscheidung seines Vaters hatte er über das eigentliche Reiseziel noch gar nicht nachgedacht.

»Ich werde die Betreuer beim kreativen Programm in der Kindergruppe unterstützen«, erzählte Cleo weiter. »Malen, basteln und so weiter. Das is' eh mein Ding. Da kann ich sicher auch das ein oder andere nutzen, was ich auf der Arbeit so mache.«

Ihre Augen funkelten und zum ersten Mal seit Langem sah Tobi einen Menschen vor sich, der das, was er tat, aufrichtig zu lieben schien. »Erzähl mir von deinem Job«, forderte er sie ohne zu überlegen auf.

Cleo musterte ihn eingehend und wägte offenbar ab, ob es ihn wirklich interessierte oder er sie bloß auf den Arm nahm.

Er bemühte sich, ein ermutigendes Lächeln zustande zu bringen.

»Okayyy«, sagte sie gedehnt. Sie drehte sich, sodass sie dem Meer nun den Rücken zuwandte, lehnte sich an die Reling und blickte in den Himmel hinauf, als suche sie dort nach dem passenden Einstieg. »Eigentlich wollte ich nach'm Abi Kunst studieren. Das war zumindest immer der Plan. Aber irgendwas im Bauch hat sich nicht richtig angefühlt.« Sie zuckte mit den Schultern. »Ich bin dann nochmals in mich gegangen und hab gemerkt, dass ich lieber was Praktisches machen wollte. Ist mir ehrlich gesagt nicht so leicht gefallen, den Plan zu ändern. Ich dachte immer: Wenn'de Abi machst, ist Studieren doch die logische Konsequenz!« Sie malte mit dem Fuß

Kreise auf den Schiffsboden und schwieg einen Augenblick, ehe sie nachdenklich hinzufügte: »Aber das bringt ja auch nix, wenn's dich nicht glücklich macht.«

Tobi brummte leise. Sie hatte ja keine Ahnung, wie recht sie hatte!

»Jedenfalls bin ich letztes Endes am Theater gelandet und super happy dort. Weißt du, bei meiner Arbeit geht's um mehr als ein bisschen Schminken. Wir schaffen völlig neue Wesen.« Nun leuchtete ihr Gesicht wieder in unbeschwerter Begeisterung. »Es dreht sich alles um Veränderung. Manchmal wird aus einem Mann eine Frau oder aus 'nem Menschen ein Tier – was das Stück halt grade verlangt. Wir stellen auch Perücken, Masken und Gesichtsteile her. Es macht einfach so mega viel Spaß, sich dabei kreativ auszuleben!«

Ihre Augen funkelten so voller Lebensfreude, dass Tobi sie wie gebannt anstarrte. Eine tiefe Sehnsucht machte sich in seiner Brust breit. Er seufzte. »Das hätte ich auch gern.«

Cleo hob die Augenbrauen. »Was denn?« Forschend sah sie ihn an und mit einem Mal wurde ihm ihr Blick zu intensiv.

Er fühlte sich nackt. Was sollte er ihr erzählen? Im Grunde kannte er dieses Mädel doch gar nicht. Schweigend schaute er aufs Meer, das im Licht der aufgehenden Sonne glitzerte.

»Sorry, du brauchst mir natürlich nix zu erzählen.«
Sie legte ihre Hand auf seinen Arm und eine Gänsehaut breitete sich kribbelnd bis auf den Rücken aus.

»Eine Aufgabe, die mich richtig begeistert«, beantwortete er Cleos ursprüngliche Frage, ohne sie anzusehen. »Das Studium hab ich auf Wunsch meines Vaters angefangen. Beim Pflegepraktikum hatte ich
zwar endlich das Gefühl, was Sinnvolles zu tun, aber
das hab ich in den Sand gesetzt, weil mich meine
Kumpels überredet haben, *nur noch Einen* mitzutrin-
ken.« Er ließ seine Stirn auf die Reling sinken. Noch
nie war ihm so deutlich bewusst gewesen, wie fremd-
bestimmt er vor sich hin lebte.

Cleo trat dichter an ihn heran. Ihre Hand lag nun
auf Tobis Rücken.

Er stutzte. Ihre Nähe fühlte sich so richtig, so eigenartig vertraut an, dass er sich am liebsten an sie
geschmiegt hätte.

»Komm, wir holen uns was zu Trinken und dann
erzählste mir von deinem Praktikum«, schlug sie vor.

Doch er blieb reglos stehen. Wollte sie das wirklich wissen, oder kam sie gerade ihrer Rolle als Betreuerin nach? Der Rebell in ihm begann hastig, dort,
wo er sie bereits an sich herangelassen hatte, eine
Mauer aufzubauen. »Du brauchst das nicht zu tun«,
erwiderte er kühler als gewollt. »Ich meine, bist du
überhaupt schon im Dienst?«

Sie gab ein abwertendes Brummen von sich. »Das hat nichts mit meinem Dienst zu tun. Ich sagte doch schon, dass ich bloß beim Unterhaltungsprogramm der Kleinen mithelfe.« Einen Augenblick herrschte distanziertes Schweigen und Tobi war, als hätte jemand die Sonne ausgeschaltet. Endlich fügte sie in sanfterem Ton hinzu: »Es interessiert mich wirklich. *Du* interessierst mich.«

Ihre Worte jagten einen Stromschlag durch seinen Magen, doch es gelang ihm, eine coole Miene zu bewahren. »Okay, holen wir uns was zu Trinken.«

Konzentriert blickte Cleo in Tobis Augen. Sie saßen sich mit ihren Getränken auf einer Sonnenliege im Schneidersitz gegenüber. Cleo bemühte sich, seiner Erzählung aufmerksam zu folgen und sich nicht von den Bewegungen seiner Lippen ablenken zu lassen. Was war es bloß, was sie an diesem Kerl so faszinierte? Eigentlich hätte er ihr von Grund auf unsympathisch sein müssen. Ein verwöhnter Bengel aus reichem Hause, der das, was ihm in den Schoß fiel, nicht einmal richtig zu schätzen wusste!

Und dennoch war da etwas unter der Oberfläche, was sie anzog. Er hatte ein gutes Herz, daran hatte sie keinen Zweifel. Doch darüber hinaus war da auch diese Verlorenheit in seinem Blick, die sie nicht losließ. Er passte nicht zum Rest seiner Gruppe hier, das war ihr gleich aufgefallen. Aber vielleicht war er dennoch mehr als alle anderen auf der Suche nach einem Platz im Leben.

»Na ja, das Ende vom Lied war, dass sie mich rausgeworfen haben«, schloss er soeben mit bitterem Ton seinen Bericht. Er ballte die Hand zur Faust und stieß hervor: »Zu recht natürlich. Ich bin so ein Idiot.«

»Ärger dich nicht über Dinge, die du nicht mehr ändern kannst«, sagte Cleo und bemerkte im selben Augenblick, wie altklug sich das anhörte.

Tobi schnaubte leise. »Du hast gut reden. Du hast ja deinen Traumjob.«

Sie dachte einen Moment nach. Vielleicht waren sie sich gar nicht so unähnlich? »Ja, aber erst, seit ich vom ursprünglichen Plan abgewichen bin. Hab ich dir doch erzählt.« Gedankenverloren flocht sie sich einen Zopf aus drei ihrer Dreadlocks. Sie betrachtete das Ergebnis und sagte dann unvermittelt: »Willste meine Meinung hören? Der Rausschmiss war das Beste, was dir passieren konnte.«

»Ja nee, is' klar.« Tobi lachte zynisch.

»Überleg doch mal: Wäre das nicht passiert, hättest du dein Studium mehr schlecht als recht weiter durchgezogen, obwohl dir dein Bauch schon lange sagt, dass das gar nicht der Weg ist, den du gehen willst.«

»Ich hab doch schon überlegt, was ich stattdessen machen könnte!«

»Toll.« Der Sarkasmus in Cleos Stimme war nicht zu überhören. »Und wann hättest du endlich gehandelt?«

Ertappt senkte er seinen Blick und zuckte mit den Schultern.

»Siehste. Jetzt *musst* du was tun und das ist gut so. Klar, das ist gerade eine unangenehme Situation, aber ich bin mir sicher, hinterher bist du zufriedener.«

»Und du denkst, das hier wird mir dabei helfen?« Mit seinem Kopf machte er eine Bewegung, die das gesamte Schiff einschloss.

Cleo stellte ihr Glas neben der Liege auf den Boden, lehnte sich vor und umfasste mit beiden Händen die seinen. Überrascht hob er den Kopf und ihre Blicke trafen sich. Verhakten sich ineinander.

»Ja«, sagte sie schließlich aus voller Überzeugung. »Und ich verspreche dir, wenn ich etwas dazu beitragen kann, werde ich das tun.«

Er schluckte hörbar. »Danke.«

Widerwillig ließ sie ihn los und trennte damit den seidenen Faden, der sich zwischen ihnen gesponnen hatte.

Seufzend ließ Tobi sich in seinen Sitz ganz hinten im Bus fallen. Nur Sekunden später breitete sich unter ihm das Vibrieren des gestarteten Motors aus. Er streckte sich, um einen letzten Blick auf Cleo zu erhaschen, doch sie saß bereits auf ihrem Platz. Er sah nur noch ihre Hände, die ihr Haar zu einem hohen Dutt auftürmten, damit sie sich bequemer in den Sitz schmiegen konnte. Wie gerne hätte er sich für den Rest der Fahrt neben sie gesetzt!

Sie war so eine interessante Gesprächspartnerin und eine fantastische Zuhörerin, dass er die Zeit auf der Fähre mit ihr richtiggehend genossen hatte. Während der gesamten Überfahrt nach Norwegen hatten sie zusammengesessen und gequatscht, bis es ihm vorkam, als würde er Cleo schon sein ganzes Leben lang kennen. Und sie ihn. Er hatte den Eindruck, er könne ihr restlos alles von sich erzählen und sie verstand genau, wie er sich fühlte. Gleichzeitig zeigte sie ihm neue Blickwinkel, aus denen so manches Problem plötzlich aussah wie eine Chance. Ihre Art, die Dinge zu betrachten, hatte ihn vollkommen in ihren Bann gezogen. Er hätte tagelang mir ihr auf dieser windigen Fähre sitzen und ihr zuhören können. Entdecken, wie die Welt durch ihre Augen aussah. Und dabei in diesen Augen versinken. Doch schließlich war die Küste Norwegens am Horizont aufgetaucht und sie hatten sich wieder unter Deck begeben müssen, um ihre Plätze im Reisebus einzunehmen.

Tobi hatte den Eindruck, der vorübergehende Abschied sei nicht nur ihm schwergefallen. Während die

Kinder und Teenies schwatzend in den Bus geklettert waren, hatten Cleo und er daneben gestanden und herumgedruckst.

»Das, ehm, war schön«, hatte er schließlich das Wort ergriffen und sich angestrengt geräuspert. »Ich meine, hat mich gefreut, dich 'n bisschen näher kennenzulernen.«

Cleo hatte verlegen an einer ihrer Dreadlocks herumgefummelt und die Zierperle betrachtet, als sähe sie sie zum ersten Mal. »Ja, mich auch«, murmelte sie. Endlich ließ sie von ihrem Haar ab und sah zu ihm auf. »Danke, dass du mir so viel von dir erzählt hast.«

»Ey jo, Tobi, wir dachten schon, du bist über Bord gegangen!« Sandro, Marvin und Deniz hatten gerade den Bus erreicht.

Tobi hob bloß die Hand. Er hatte keine Lust mehr auf die Jungs. Doch die Frage an Cleo, die ihm auf der Zunge lag, wollte auch nicht über seine Lippen kommen. Nein, er konnte sich nicht einfach zu ihr nach vorne setzen. Er gehörte nun einmal nicht zum Team.

»Leute, einsteigen«, mahnte einer der Betreuer hinter ihnen.

»Komme«, rief Cleo. Dann nahm sie Tobi kurzerhand in den Arm. Sie drückte ihn fest an sich, sodass sein Herz kurz aus dem Takt geriet. Ihren Körper an seinem zu spüren, raubte ihm den Atem. »Bis

164

später«, flüsterte sie ihm ins Ohr und huschte in den Bus.

Ein paar Sekunden lang blickte er ihr nach, unfähig, sich zu bewegen.

»Darf ich bitten?« Der Betreuer, der einen kleinen Button mit dem Namen *Raphael* trug, zeigte schmunzelnd auf den Bus.

Tobi war wortlos eingestiegen. Und da saß er nun – voller Erwartungen, was die nächsten zwei Wochen für ihn bereithalten mochten.

»Ey Alter, wo warst'n die ganze Zeit?«, bohrte Sandro schon erneut nach. Doch Tobi brummte nur und schloss die Lider. Sofort sah er wieder Cleos funkelnde Augen vor sich und spürte ihre Umarmung. Mit einem Lächeln auf den Lippen glitt er in einen tiefen Schlaf.

Kapitel 3

Wilde Rufe und Geschrei rissen Cleo aus ihren Träumen. Sie blinzelte. Erst nach einigen orientierungslosen Sekunden hatte sie sich so weit sortiert, dass sie wieder wusste, wo sie war.

Der Bus war zum Stehen gekommen. Draußen entdeckte sie jede Menge Wald, ein paar Holzhütten und in der Ferne einen glitzernden See. Es war genau dieselbe Aussicht wie auf dem Foto des Infoflyers. Sie hatten ihr Ziel erreicht.

Die Sonne stand inzwischen hoch am Himmel. Fasziniert betrachtete Cleo die norwegische Postkartenidylle. Dieser Sommerjob war wirklich ein Privileg!

Als sie sich ausgiebig streckte, bemerkte sie, wie steif ihr Nacken war und dass ihr Rücken schmerzte. Sie hatte die gesamte restliche Fahrt verschlafen und die krumme Haltung, in die sie dabei gerutscht war, machte sich nun unangenehm bemerkbar. Und doch war da dieses undefinierbar warme Gefühl in ihrem Inneren, das sie morgens oft verspürte, wenn sie etwas Schönes geträumt hatte. Angestrengt dachte sie nach und vereinzelte Bilder kamen ihr zu Bewusstsein. Sie stutzte. War es möglich, dass sie von diesem Kerl geträumt hatte? *Tobi.* Ja, jetzt fiel es ihr wieder ein. Sie waren zusammen angeln gewesen und hatten einen Preis für den größten Fang gewonnen. Den

Fisch hatten sie in ihrem Wohnzimmer in einem Rahmen an die Wand gehängt und Hartmut getauft. Belustigt schüttelte Cleo den Kopf. Wieso träumte sie bloß dauernd so einen albernen Unsinn? *Moment mal.* In ihrem *gemeinsamen* Wohnzimmer? Sie schloss noch einmal die Augen, um sich zu erinnern. Ja, eindeutig. Tobi war in diesem Traum ihr Freund gewesen! Ihr Magen zog sich nervös zusammen. Wie war sie denn darauf gekommen?

Langsam erhob sie sich, kletterte auf den Gang und ließ ihren Blick durch den Bus wandern. Tobi stand ganz hinten und wartete, bis die Schlange sich weiter zum Ausgang bewegte. Als er Cleo bemerkte, lächelte er sie erfreut an. Sofort begann ihre Kopfhaut zu prickeln und die Erkenntnis traf sie wie ein Blitz. Er war tatsächlich genau ihr Typ mit seinem coolen Grunge-Look, dem nachdenklichen Blick und dem irrsinnig süßen Lächeln!

Sie kannte ihn zwar erst seit ein paar Stunden, aber auf der Fähre hatten sie so intensive Gespräche geführt, wie andere das in Monaten oder gar Jahren nicht taten. Ihr fiel ein Fernsehbeitrag ein, den sie einmal gesehen hatte. Darin war es um eine psychologische Studie gegangen, die behauptete, dass das Stellen sehr persönlicher Fragen selbst unter Fremden eine plötzliche Verliebtheit bewirke. Grübelnd ließ sie ihre Gespräche Revue passieren. War es also bloß die scheinbare Vertrautheit zwischen ihnen, die da in ihrem Bauch prickelte?

»Cleo, kommst du?« Raphaels Stimme riss sie jäh aus ihren Gedanken.

»Was?« Sie sah ihn verwirrt an.

»Aylin braucht dich«, erklärte er mit einer gewissen Dringlichkeit in der Stimme. »Ihr müsst den Kleinen helfen, ihre Betten zu beziehen und ihre Sachen einzuräumen.«

»Ja, klar. Sorry, war noch nicht ganz wach.« Hastig beugte sie sich zu ihrem Platz und fischte ihre Habseligkeiten aus dem am Vordersitz befestigten Netz. Dann folgte sie Raphael zum Ausgang.

Aylin stand draußen, umringt von sechs Jungs im Grundschulalter. Die Betreuerin hatte ihre liebe Mühe, die aufgedrehten Kinder in Schach zu halten.

Cleo eilte zu der zierlichen Frau mit der schwarzen Mähne. »Kann losgehen.«

»Jo, ist das ein Vogelnest auf deinem Kopf, oder was?«, pöbelte einer der Kleinen, der in seinem jungen Alter schon einige Kilo zuviel auf den Hüften herumtrug. Er zeigte auf Cleos Turmfrisur und blickte applausheischend zu den anderen Kids.

»Klar«, schoss sie unverzüglich zurück, »hab ich extra für dich gebaut, du Spaßvogel.« Kaum hatte sie die Worte ausgesprochen, wusste sie, dass sie falsch waren.

Der Junge blickte sie verdutzt an. Von den anderen Kindern war leises Kichern zu hören. Da ihm offenbar keine passende Antwort einfiel, warf er sich seinen Rucksack über die Schulter und fauchte: »Sieht scheiße aus.«

»Schluss jetzt«, griff Aylin ein und bedachte sowohl den Jungen als auch Cleo mit einem strengen Blick. »Auf geht's.« Sie marschierte resoluten Schrittes voran zu einer der Blockhütten.

Cleo blickte ihr nach. *Nicht beleidigen, nicht anfassen,* kamen ihr Raphas Worte aus dem Vorbereitungstraining wieder in den Sinn. Mist! Da war ihr Mundwerk schneller gewesen als ihr Verstand. *Ermutige sie. Versuche, eine Beziehung aufzubauen,* hatte er gesagt. Aber was hätte sie denn sonst antworten sollen? Sie seufzte. Vielleicht war das hier doch schwieriger als gedacht. Sie betrachtete den Jungen. Er trottete mit etwas Abstand neben den anderen her. Rasch schloss sie zu ihm auf. Als sie ihn erreicht hatte, sah er mit giftigem Blick zu ihr hoch.

»Hey«, begann sie im Gehen, »wie heißt du?«

»Geht dich nix an.«

»Ich bin Cleo«, fuhr sie unbeirrt fort. »Hör zu: Tut mir leid, dass ich dich vor deinen Freunden beleidigt hab, okay? Aber wenn wir ehrlich sind, hast du angefangen, oder?« Sie grinste ihn kumpelhaft an.

»Das sind nicht meine Freunde«, brummte er.

»Is' ja auch egal.« Sie bemühte sich um einen lockeren Ton. »Ich glaube, wir sind quitt. Friede?«

»Nerv mich nicht!«

Cleo presste die Lippen aufeinander. Am liebsten hätte sie dem Zwerg eine geknallt. Sie schluckte die Antwort, die ihr auf der Zunge lag, hinunter und ließ sich ein Stück zurückfallen. So kam sie nicht weiter. Am besten sprach sie noch einmal mit Aylin oder Rapha unter vier Augen über die Situation. Die hatten sicher einen Tipp für sie.

♥

Tobi sah sich neugierig in der geräumigen Holzhütte um, in die René, einer der Betreuer für die Erwachsenengruppe, sie geführt hatte. Ringsum an den Wänden des Hauptraumes standen schmale Betten, die durch Holzbalken voneinander abgetrennt waren. Acht Stück zählte Tobi insgesamt. Ein offener Durchgang gab den Blick frei auf einen zweiten Raum, in dessen Mitte ein großer Holztisch mit acht Stühlen stand. Dahinter nahm eine ausladende Sofalandschaft den Rest des Zimmers ein.

Immerhin war der Schlafraum groß genug, dass er sich ein wenig zurückziehen konnte, stellte Tobi erleichtert fest. Er wählte ein Bett in der Ecke und kippte den Inhalt seines Rucksacks darauf aus.

René hatte sie angewiesen, sofort ihre Sachen in die Nachttische und Schränke zu räumen. Offenbar war es ihm wichtig, dass sie während ihres Aufenthalts nicht aus dem Koffer lebten.

»Alles klar, Jungs, richtet euch mal ein«, rief René in die Runde. »Bettzeug findet ihr dort im großen Schrank. Ich hole euch in einer halben Stunde zu einem Rundgang durchs Camp ab. Danach gibt es Mittagessen und dann ruhen wir uns alle von der langen Fahrt aus.«

Kaum hatte der Betreuer den Raum verlassen, bemühte sich Marvin, durch eigenartige Zischlaute die Aufmerksamkeit der anderen Jungs auf sich zu ziehen. Als ihn alle fragend ansahen, flüsterte er: »Hey, hat jemand von euch was dabei?« Mit Daumen und Zeigefinger imitierte er hektisch eine Bewegung, als würde er rauchen. »Ich muss mich echt entspannen nach dem ganzen Reisestress.«

»Moment.«

Fassungslos beobachtete Tobi, wie sein Bettnachbar Sandro in den Tiefen seines Seesacks wühlte und schließlich ein prall gefülltes Plastiktütchen beachtlicher Größe hervorzauberte.

»Ich bin ja nicht wahnsinnig und komme ohne was hierher«, murmelte er und begann mit geschickten Bewegungen, einen Joint zu bauen.

»Danke, Mann«, sagte Marvin und setzte sich zu ihm. »Ich hab mich einfach nich' getraut. Du weißt schon, wegen Grenzkontrolle und so.«

Sandro zuckte bloß mit den Schultern. Er zündete den Joint an, zog einmal daran und hielt ihn Marvin hin. Nachdem auch dieser einen tiefen Zug genommen hatte, fragte Sandro in die Runde: »Wer noch?«

»Nee, danke«, kam es von Deniz aus der gegenüberliegenden Ecke. Er wandte sich ab und räumte seine Tasche weiter aus.

»Tobi?« Marvin hielt die Zigarette einladend in seine Richtung.

Tobi schüttelte den Kopf. Er hatte sich inzwischen fest vorgenommen, die Zeit hier zu nutzen und sich nicht wieder runterziehen zu lassen.

»Sicher?«, fragte Sandro. »Komm, ich hab genug dabei. Geht auf's Haus.«

Er schluckte. Der herbe Duft, der ihm in die Nase stieg, machte es ihm nicht gerade leichter, bei seinem Nein zu bleiben. Ein wenig Entspannung würde jetzt guttun. Vielleicht nur dieses eine Mal, bis er sich quasi akklimatisiert hatte?

Marvin nahm noch einen Zug und nickte anerkennend. »Is echt gutes Zeug«, stellte er mit dumpf klingender Stimme fest.

Ächzend fuhr sich Tobi mit der flachen Hand übers Gesicht. Im Bus war sein Entschluss eines Neubeginns so klar gewesen. Und nun knickte er schon bei der ersten Versuchung ein? Nur einmal ziehen, schoss es ihm durch den Kopf und er tat einen unsicheren Schritt auf Marvin zu.

Doch plötzlich musste er an Cleo denken. An ihr unbeschwertes Lachen, ihren lebensfrohen Blick, ihre sanfte Hand, mit der sie ihn berührt hatte. Schlagartig war der Bann gebrochen. Der Wunsch, sie zu sehen, verdrängte das Verlangen nach Gras.

»Danke, aber nein«, sagte er entschieden. »Ich geh mal frische Luft schnappen.« Er ließ alles stehen und liegen und eilte aus der Hütte. Bloß schnell hier raus, bevor der Geruch ihn doch wieder einlullte! Wut stieg in ihm auf. Verdammt, hatte er denn wirklich so wenig Willenskraft?

Draußen stieß er fast mit einem fluchenden Bündel roter Haare zusammen. Cleo schrie erschrocken auf, sprang zur Seite und ließ gleich die nächste Tirade derber Flüche vom Stapel.

Tobi lachte auf. Sein Ärger war wie weggefegt. »He, da kriegt man ja Angst vor dir.«

Sie funkelte ihn grimmig an.

»Tut mir leid«, sagte er besänftigend. »Was ist denn mit dir los?«

»Blöde Mistgören«, zischte sie. Dann ließ sie seufzend die Schultern sacken. »Sorry. Du kannst ja nix dafür.«

»Für was denn?« Wie selbstverständlich umfasste er ihren Arm und zog sie mit sich. Einige Meter von den Hütten entfernt hatte er eine kleine Bank entdeckt. Bereitwillig ließ sie sich von ihm dorthin führen und setzte sich. Tobi nahm dicht neben ihr Platz.

173

»Was ist passiert?«, wiederholte er seine Frage. Dass sich im Sitzen ihre Oberschenkel berührten, wurde ihm mit einem wohligen Kribbeln bewusst.

»Rapha hat die Aushilfen alle vor dem Trip geschult und ich war mir sicher, dass ich das hinbekomme!« Sie brach ab, als sich ihre Augen mit Tränen füllten. »Scheiße«, murmelte sie, wischte sich übers Gesicht und verschmierte damit ihre Wimperntusche.

»Vorsicht«, flüsterte Tobi, umfasste ihre Wange und versuchte mit dem Daumen zu retten, was noch zu retten war.

Erstaunt blickte sie ihm in die Augen und neue Tränen bahnten sich ihren Weg. »Ich weiß nicht, ob ich das mit den Kids schaffe. Meinem Bruder konnte ich früher die passende Antwort geben, wenn er frech war. Aber hier darf ich das nicht.«

»Ist denn etwas vorgefallen?«

Sie nickte. »Einer der Kleinen – Aylin sagt, er heißt Lukas – hat mich gleich blöd angemacht. Erst war's mir halbwegs egal, aber in der Hütte, wo wir den Kindern beim Bettenbeziehen helfen sollten, hat er immer weiter und weiter gemacht. Bis ich ihn angeschnauzt hab, dass er gefälligst die Fre- ... also den Mund halten soll.« Ihr Blick war fest auf ihre Hände geheftet, als sie leise zugab: »Da hat Aylin mich rausgeschickt. Sie meinte, ich soll mit Raphael darüber reden.« Cleo schluchzte auf: »Wir sind noch nicht mal eine Stunde hier und ich hab schon versagt!«

»Ach, Quatsch.« Ohne darüber nachzudenken zog Tobi sie in seine Arme. Sofort suchte sie Schutz an seiner Brust. Als ein neuerlicher Schluchzer ihren Körper schüttelte, streichelte er beruhigend über ihren Rücken. »Das wird schon wieder.«

Tobi wusste nicht, wie lange sie schweigend so dasaßen. Doch obwohl sie ihm leidtat, genoss er es, sie im Arm zu halten.

Auch wenn es schwerfiel, löste Cleo sich schließlich vorsichtig aus Tobis Griff. Sie blinzelte ihn verstohlen an. Die Sache war ihr mit einem Mal peinlich. Was flennte sie da in den Armen eines im Grunde völlig Fremden herum? Doch sie musste sich eingestehen, dass es gutgetan hatte.

»Danke«, schniefte sie. Dann fiel ihr Blick auf seine Brust. »Na toll, jetzt hab ich dein Shirt vollgeheult.«

Tobi lächelte ein unfassbar warmherziges Lächeln, das anziehende Fältchen um Augen und Mundwinkel zauberte. »Macht nix.«

»Jedenfalls: Danke fürs Zuhören«, murmelte Cleo, ohne ihn weiter anzusehen.

»Jederzeit wieder. Und das meine ich ernst.«

Sie lächelte zaghaft. Dann erinnerte sie sich an ihr schmerzhaftes Aufeinanderprallen und sie fragte mit festerer Stimme: »Und warum bist du eben so aus der Hütte gestürmt?«

Sofort legte sich ein düsterer Schatten auf sein eben noch so freundliches Gesicht. »Ach nix«, gab er missmutig von sich und blickte mit versteinerter Miene zur Blockhütte.

»Magst nicht erzählen?«, fragte sie vorsichtig.

Tobi zuckte mit den Schultern. »Dann musst du das bestimmt den Betreuern melden. Und ich will niemanden in irgendeinen Ärger rein reiten.«

»Oh.« Ihr schwante bereits, um was es ging. Wenn sie recht hatte, wäre es natürlich ihre Pflicht, Raphael zu informieren. Doch sie spürte, wie sehr es Tobi entlasten würde, über die Vorfälle zu sprechen. Und wahrscheinlich war sie aktuell für ihn die einzige halbwegs neutrale Person hier im Camp. Nach kurzem Abwägen entschied sie, dass es wichtiger war, ihm beizustehen, als sich um die Regeln zu scheren. »Ich sag keinem was. Versprochen!«

Er schien einen Moment mit sich zu ringen, dann flüsterte er: »Zwei aus meiner Gruppe ... Die hocken grade in der Hütte und ziehen einen durch. Na ja ...«, er rieb sich mit der flachen Hand übers Gesicht, »und als sie mir auch was angeboten haben, war ich so kurz davor, mich dazu zu setzen. Und das nachdem ich mir gerade erst vorgenommen hab, mein Leben in den Griff zu bekommen!« Er schnaubte verächtlich. »Was bin ich bitte für ein verdammter Loser? Eine kleine Versuchung und schon sind alle guten Vorsätze dahin!« Er ballte eine Faust.

176

Vorsichtig griff Cleo nach der Hand und öffnete sie wieder. »Aber du hast deine Vorsätze doch gar nicht über Bord geworfen. Du bist nicht eingeknickt.«

»Aber fast!«

Aufmunternd strich sie mit dem Daumen über seinen Handrücken. »Sei nicht so streng zu dir selbst. Keiner macht innerhalb von ein paar Stunden eine Hundertachtziggradwendung.«

Ein tiefes Seufzen entwich seiner Brust.

»Ich bin mir ziemlich sicher, dass du hier die Kurve kriegst«, sagte sie zu ihm und meinte es auch so. »Und wenn's schwierig wird, kannst du jederzeit zu mir kommen.«

»Danke.« Er grinste verlegen.

»Ey! Tobi!«, brüllte eine Stimme zu ihnen herüber. Cleo blickte zur Hütte. Da stand einer der Jungs aus der jungen Erwachsenengruppe und wedelte mit den Armen. »Komm her, der Typ will sein Rundgang-dings machen.«

»Hurra«, murmelte Tobi wenig begeistert und erhob sich.

Cleo sprang auf. »Na, dann mal viel Spaß.«

Er schnaubte leise und wandte sich bereits zum Gehen, drehte sich aber noch einmal zu ihr und nahm sie rasch in den Arm. »Danke«, flüsterte er, ehe er zu seiner Gruppe eilte.

Cleo schaute ihm hinterher. Erst, als er sich zu den anderen Jungs gesellt hatte, atmete sie tief durch und machte sich auf die Suche nach Rapha, um mit ihm über Lukas zu sprechen. Hoffentlich konnte er ihr einen Rat für den Umgang mit diesem verzogenen Gör geben und riss ihr nicht gleich den Kopf ab!

♥

Nach ihrem Gespräch mit Raphael war Cleo in die große Gemeinschaftsküche geeilt, wo man sie bereits erwartet hatte. Es war ein einfaches Mittagessen geplant, um nach der anstrengenden Fahrt alle rasch sattzubekommen. Spaghetti mit wahlweise Hackfleisch- oder Tomatensoße. Gedankenverloren rührte Cleo die Soßen um. Rapha hatte sie ermutigt, mit Lukas noch einmal bei Null anzufangen. *Die Kids sind jetzt alle übermüdet und aufgedreht. Gib ihm etwas Zeit, anzukommen,* hatte er ihr geraten. Hoffentlich behielt er recht und der Kleine beruhigte sich wieder. Zwei Wochen lang würde sie seine Provokationen nicht aushalten!

»Ach, gut, dass ich dich hier finde.«

Überrascht wandte Cleo den Kopf um. René stand in der Tür. »Was gibt's denn?«

Er kam näher und lehnte sich neben sie an die hölzerne Küchenzeile. »Als ich die Jungs vorhin zum Rundgang abholen wollte, hast du dich mit Tobias unterhalten.«

»Tobi«, berichtigte sie sofort und erklärte: »Er mag es nicht so gern, wenn man ihn Tobias nennt.«

»Oh, gut zu wissen. Danke.« Er nahm sich einen kleinen Löffel aus der Schublade und tunkte ihn in die Tomatensoße. »Mh, lecker. Ich hab einen Bärenhunger!«

»Dauert nicht mehr lange.«

»Na, jedenfalls ... Auf der Fähre hab ich euch auch schon zusammensitzen sehen. Deshalb wollte ich einfach mal hören, was für einen Eindruck du von ihm hast. Ich habe offen gesagt das Gefühl, dass ihm unser normales Programm nicht viel weiterhelfen wird.«

Cleo nickte. »Stimmt. Ich finde auch, er passt nicht so wirklich hier rein. Ich denke, im Gegensatz zu den anderen muss er nicht lernen, diszipliniert an irgendwas dranzubleiben, sondern eher für sich herausfinden, an was er dranbleiben möchte.« Sie blickte nachdenklich aus dem Fenster. Wie viel wollte sie von dem preisgeben, was er ihr im Vertrauen erzählt hatte? »Ich glaube, Tobi ist ein Mensch, der wirklich von Herzen für eine Sache brennen muss. Wenn er so was nicht hat, ist er von Grund auf unzufrieden und sucht Ablenkung in Dingen, die ihm nicht guttun.«

»Dann müssen wir mit ihm herausfinden, wofür er brennt«, sinnierte René.

»Denke ich auch, ja.«

»Danke dir.« Er wandte sich zum Gehen.

Als er schon fast zur Tür hinaus war, hielt Cleo ihn noch einmal zurück: »René?«

»Ja?«

»Menschen. Die sind ihm wichtig.«

René nickte. »Danke.«

Als Tobi die Hütte mit dem großen Speiseraum betrat, entdeckte er Cleo sofort. Sie stand an einem Tisch etwas abseits hinter drei riesigen Töpfen und teilte das Essen aus. Rasch begab er sich zum Ende der Schlange. Sein Magen knurrte schon seit einer Weile wie ein unzufriedener Löwe.

Als er nur noch wenige Meter von ihr entfernt war, fragte der rundliche, kleine Junge, dem sie mit einem verkrampften Lächeln einen Teller mit Spaghetti befüllte: »Hast du das gekocht?«

»Ja. Möchtest du lieber Hackfleisch- oder Tomatensoße?« Ihre Stimme klang überzogen freundlich.

Anstatt zu antworten, rief der Junge lauthals: »Ach, deshalb sieht das Essen aus wie Kotze!«

Ihre Gesichtszüge gefroren zu einer stoisch lächelnden Maske, als sie ihre Frage wiederholte: »Lukas: Hackfleisch- oder Tomatensoße?«

»Is doch egal, ist bestimmt beides eklig. Ich will Pommes, aber nicht von dir. Alles, was du angefasst hast, ist eklig.«

Cleo presste die Lippen aufeinander und klatschte ihm wortlos von beiden Soßen einen Klecks auf die

Nudeln, ehe sie zischte: »Guten Appetit. Der Nächste bitte.«

Tobis Herz zog sich bei ihrem Anblick schmerzhaft zusammen. Am liebsten hätte er sie hinter ihrem Tisch hervorgeholt und in den Arm genommen. Als er endlich an der Reihe war, schenkte er ihr sein aufmunterndstes Lächeln. »Nimm's dir nicht zu Herzen. Es hat nichts mit dir zu tun«, flüsterte er ihr zu.

In ihren Augen glitzerte es schon wieder verräterisch. Sie nickte bloß.

»Für mich Hackfleischsoße bitte«, beantwortete er ihre noch nicht gestellte Frage. Er ahnte, dass es ihr schwerfiel, zu sprechen. Sie brachte ein dankbares Lächeln zustande und befüllte seinen Teller mit einer extragroßen Portion.

»Danke.« Er sah ihr noch einen Moment lang in die Augen und versuchte, ihr mit einem warmen Blick Mut zuzusprechen. Dann machte er den Platz frei für den Teenager hinter sich.

Er blickte sich im Raum nach einem passenden Sitzplatz um, als ihm ein Gedanke kam. Wohin war dieser kleine Quälgeist verschwunden? Er entdeckte Lukas alleine an einem leeren Tischende. Kurzentschlossen marschierte er auf ihn zu und setzte sich wortlos auf den Platz gegenüber.

Der Kleine sah nur kurz auf und wandte sich dann wieder seinen Spaghetti zu. Gierig schob er sich eine große Portion in den Mund.

»Na, doch nicht so eklig wie gedacht?«, fragte Tobi.

»Doch!«, antwortete Lukas kauend. »Zum Kotzen. Aber was anderes gibt's ja nicht in dem Scheißladen hier.«

Tobi musterte den Kleinen nachdenklich. Er mochte etwa neun oder zehn Jahre alt sein und wirkte in seiner Kindlichkeit verlorener, als er zeigte. Er fragte sich, was in seinem jungen Leben schon alles passiert war, dass er sich diese harte Schale zugelegt hatte. »Hast auch keinen Bock hier zu sein, was?«

Überrascht sah Lukas ihn an. Dann spie er aus: »Nee!«

»Mich hat mein Alter auch gezwungen«, vertraute er dem Jungen an.

»Aber du bist doch schon erwachsen. Kannst doch machen, was du willst!«

Er lachte leise. »Ganz so einfach ist das nicht im Leben.« Während er seine Spaghetti auf die Gabel wickelte, fragte Tobi beiläufig: »Und warum haben sie dich hergeschickt?«

Lukas grunzte verächtlich. »Damit mein Vater mit seiner Tusse und dem neuen Baby allein sein kann. Is' mir aber egal. Ich brauch die nicht!« Hastig schaufelte er sich den Mund mit Nudeln voll. Auch wenn er starr auf seinen Teller blickte, ahnte Tobi, dass dem Jungen die Tränen in die Augen gestiegen waren.

»Oh Mann, so was nervt.«

Lukas zuckte mit den Schultern. »Ich komm auch ohne die klar. Ich werde nächsten Monat schon elf!« Er reckte entschlossen sein Kinn vor.

»Cool.« Tobi lächelte ihn an. Er spürte, wie der Junge sich ihm allmählich öffnete und dasselbe wohlige Gefühl machte sich in ihm breit wie im Krankenhaus, wenn er eine Verbindung mit einem der Patienten aufgebaut hatte. Doch er ahnte, dass hier deutlich mehr Vorsicht geboten war, um das feine Band an Vertrauen nicht gleich wieder zu zerreißen. Anstatt tiefer zu bohren, wechselte er wie beiläufig das Thema. »Und was hast du gegen Cleo?«

»Wer?«

»Das Mädchen, das dir das Essen gegeben hat.«

Er schielte zu ihr hinüber. »Keine Ahnung. Die stinkt.«

»Schwachsinn.« Tobi lachte leise und hoffte, mit einem kameradschaftlichen Grinsen die kleine Rüge entschärfen zu können. Sein Blick folgte dem des Jungen. Cleo war noch immer dabei, Essen auszugeben, schien sich aber wieder gefangen zu haben.

»Ich hab mich schon mit ihr unterhalten. Die ist ziemlich cool! Wusstest du, dass sie normalerweise mit berühmten Schauspielern arbeitet? Backstage, wo sonst keiner hinkommt. Sie malt denen zum Beispiel für Actionszenen richtig echt aussehende Fleischwunden ins Gesicht.« Ein bisschen dick auftragen hatte noch nie geschadet und dass Cleo nicht etwa beim Film oder Fernsehen, sondern beim Theater war, musste er ja nicht erwähnen. Ein Blick in Lukas' beeindruckte Miene verriet, dass er mitten ins Schwarze getroffen hatte. Mit kreisrunden Augen starrte er Cleo an.

»Meine richtige Mutter hat mich mal als Zombie verkleidet, als sie noch da war. Das sah auch total echt aus«, murmelte er gedankenverloren.

So langsam stieg Tobi dahinter, warum der Kleine sich seine dicke Schutzschicht zugelegt hatte. Ein stabiles Familienleben schien ihm bisher nicht vergönnt gewesen zu sein. Doch er fühlte instinktiv, dass Mitleid jetzt bloß dazu führen würde, dass er wieder dichtmachte. Also zwinkerte er ihm verschwörerisch zu. »Ich an deiner Stelle wäre ein bisschen netter zu Cleo. Vielleicht zeigt sie dir dann mal, wie das geht.«

»Hm. Mal sehen.« Er wandte sich wieder seinem Essen zu.

Tobi nahm sich vor, später mit Cleo über seine Unterhaltung zu sprechen. Vielleicht konnte er ihr mit ein paar Hinweisen helfen, besser an Lukas heranzukommen.

Kapitel 4

Nach dem Essen wurde eine Ruhepause angekündigt, die Tobi nur zu gerne nutzte, um sich ein wenig hinzulegen. Nicht nur die Fahrt hatte ihn erschöpft, sondern vor allem die vielen die Eindrücke und Gedanken. War es wirklich noch keine vierundzwanzig Stunden her, seit er mies gelaunt in Berlin in diesen Reisebus gestiegen war?

In seinem Kopf schwirrte ein ganzer Bienenstock an Fragen. Fragen nach seiner Vergangenheit, seiner Zukunft, den bevorstehenden zwei Wochen im Camp und dazwischen immer wieder Gedanken an Cleo. Irgendwann musste er dennoch eingenickt sein, denn Renés Weckruf riss ihn aus wirren Träumen.

»So, die Herren, der Schönheitsschlaf ist beendet. Zeit, noch ein bisschen aktiv zu werden.« Der Betreuer erntete unfreundliches Gemurre aus mehreren Ecken des Raumes, auf das er überhaupt nicht einging. »In einer halben Stunde bin ich wieder da. Zieht euch was an, worin ihr euch gut bewegen könnt, achtet auf festes Schuhwerk und nehmt eure Arbeitshandschuhe mit. Wir machen eine kleine Wanderung und sammeln Grillholz.« Damit verließ er die Hütte.

Die Reaktionen auf seine Ansage waren zwiegespalten. Sandro und Marvin hatten keine Lust zu wandern, Deniz fand zumindest die Aussicht aufs

Grillen motivierend. Tobi war im Grunde alles recht, was ihn ablenkte. Hier in der Hütte waren die Gedanken einfach zu laut. Zu viel auf einmal!

Er streckte sich ausgiebig und kramte dann ein paar bequeme Cargohosen aus seinem Schränkchen. Die Wanderschuhe, die er auf Drängen seiner Mutter extra für diesen Trip gekauft hatte, rochen noch nach Schuhgeschäft. Plötzlich fiel ihm wieder ein, dass er sie laut der Verkäuferin zuhause ein paar Mal hätte anziehen sollen. Er zuckte mit den Schultern. Dazu war es jetzt zu spät und er würde sich schon nicht gleich Blasen laufen. Immerhin war es fast siebzehn Uhr und die Wanderung konnte nicht allzu lange dauern, wenn danach wirklich noch gegrillt wurde.

Als Tobi und die anderen drei auf den großen Platz vor der Hütte traten, warteten dort bereits vier Betreuer und die Jungs aus der Teenager-Gruppe. Offensichtlich würden sie die Wanderung mit ihnen gemeinsam antreten.

»So, sind wir vollzählig? Sehr schön.« René war in die Mitte der Menschenansammlung getreten, während seine Kollegen mit einem Stapel Taschen rund gingen. »Jeder von euch bekommt jetzt einen Rucksack. Wenn ihr heute Abend etwas zu Essen haben wollt, brauchen wir noch Anzündholz für das Feuer. Wir gehen jetzt erst einmal ein Stück durch den Wald. Ihr bleibt bitte alle in der Gruppe und macht keinen Blödsinn. Was wir genau suchen, zeige ich euch dann, wenn wir an der richtigen Stelle sind. Auf geht's.«

Tobi nahm den Rucksack entgegen, den ihm eine Betreuerin hinhielt, und schnallte ihn sich auf den Rücken. Die Gruppe setzte sich in Bewegung und er trottete mit. Sein Blick schweifte über die Jungs vor sich. So etwas hatte er mal in einer TV-Show gesehen, bei der sie unbelehrbare Jugendliche in fremde Länder schickten, um ihnen zu zeigen, wie gut sie es zuhause hatten. Auch dort hieß es: *Wer essen oder warm duschen will, muss etwas dafür tun.* Unfassbar, dass er nun selbst mitten in so einer Geschichte steckte! Wie hatte das nur passieren können? Das Hochgefühl, das ihn nach dem Abitur erfasst hatte und ihn glauben ließ, ihm stünde die ganze Welt offen, erschien ihm in diesem Wald so weit weg wie nie zuvor.

»Hi.«

Tobi fuhr aus seinen Gedanken hoch und geriet beinahe ins Stolpern. René, der neben ihn getreten war, packte ihn blitzschnell am Arm, bis er sein Gleichgewicht wiederhatte.

»Tut mir leid, ich wollte dich nicht erschrecken. Alles in Ordnung?«

»Ja, nix passiert.«

»Gut.« Der Betreuer ging einen Augenblick schweigend neben ihm her, ehe er die Frage wiederholte: »Und sonst? Alles in Ordnung?«

Tobi zuckte mit den Schultern. »Denke schon.«

»Du bist nicht über den üblichen Weg zu uns gekommen, oder?«

»Keine Ahnung, wie der übliche Weg ist. Aber wahrscheinlich steht unter dem Punkt *Anmeldung* auf eurem Flyer nicht: *Wenn unser Chef eurem Daddy noch einen Gefallen schuldet, seid ihr dabei.*«

René lachte schallend, sodass sich gleich mehrere ihrer Mitwanderer nach ihm umdrehten. Als einer der Teenager dabei fast in seinen Vordermann hineinlief, gab es einen kurzen Tumult, der von den anderen Mitarbeitern umgehend beendet wurde.

René selbst beachtete das Geschehen kaum und stimmte Tobi grinsend zu: »Ich glaube, ein bisschen anders formuliert ist es schon.« Dann wurde seine Stimme ernst. »Was wünschst du dir denn von diesem Aufenthalt?«

Tobi kratzte sich am Kopf. »Also ... Noch bis heute Morgen war mein einziger Wunsch offen gesagt, dass der Schwachsinn hier so schnell wie möglich vorbei ist.« Er schielte zu René, um zu beobachten, wie dieser auf die unverhohlen ehrliche Aussage reagierte.

Er schmunzelte bloß. »Okay. Und heute Nachmittag? Was hat sich geändert?«

»Na ja«, druckste Tobi herum und senkte seine Stimme, »ich hab ein paar Leute beobachtet und ein paar Gespräche geführt.« Er suchte nach den richtigen Worten. Etwas in ihm wehrte sich, schon wieder mit einem Fremden über all das Chaos zu sprechen, das in ihm vorging. Er zwang sich, es dennoch zu tun. Es war vernünftig. »Mir ist bewusst geworden, dass ich gar nicht so weit von einem Absturz weg bin, wie ich mir vorgemacht hab. Und dass ich beruflich eigentlich einen anderen Weg gehen will. Etwas, was mir wirklich wichtig ist.«

»Das klingt gut«, ermutigte René ihn. »Und nun hoffst du, hier herauszufinden, was das sein könnte?«

Tobi nickte und mit einem Mal fiel es ihm leicht, sich zu öffnen. Die Worte sprudelten geradezu aus ihm heraus. »Das Pflegepraktikum im Krankenhaus hat mir gefallen. Aber ich befürchte, dass für den Teil, der dabei am besten war, im späteren Arbeitsalltag nicht viel Zeit bleibt.«

»Nämlich?«

Sie hatten eine Stelle erreicht, an der der ausgetretene Pfad schmaler wurde und sich zwischen einigen hohen Baumstämmen hindurch wand. Tobi ließ sich hinter seinen Gesprächspartner fallen und wartete mit der Antwort, bis wieder genügend Platz war, um neben ihm zu gehen.

Ohne René anzublicken, sagte er fast mehr zu sich selbst: »Das Menschliche.« Die Gesichter einiger Patienten tauchten in seiner Erinnerung auf und der Gedanke an ihre Schicksale setzte sich als Kloß im Hals fest. Er schluckte ihn herunter und versuchte, seine

Erfahrungen in sachliche Worte zu fassen. »Die älteren Patienten haben sich zum Beispiel tierisch gefreut, wenn ich sie nach ihren Enkeln gefragt hab und am nächsten Tag noch deren Namen wusste. Manchmal habe ich ein bisschen mit ihnen gequatscht. Ich glaube, gerade den Patienten, die wenig Besuch hatten, hat das sehr geholfen. Wenn sie dann trotz der Schmerzen gelächelt haben, war das einfach ein Hammergefühl.« Eine liebevolle Wärme stieg in ihm auf, die sich strahlend auf seiner Miene spiegelte, und es war ihm egal, ob René ihn für ein Weichei hielt. »Eine Omi hat mal zu mir gesagt: *Ach Tobias, Sie wissen immer genau, was Sie sagen müssen, damit es mir besser geht.* Das war echt schön.« Er räusperte sich und fügte bedauernd hinzu: »Na ja, aber ganz oft rief dann die Schwester nach mir, wo ich schon wieder bleibe. Is' halt am Ende auch nur ein Geschäft, in dem Zeiten und Budgets eingehalten werden müssen.«

Im Augenwinkel nahm Tobi wahr, dass René ihn eingehend musterte. Sie schwiegen eine ganze Weile, dann sagte der Betreuer plötzlich: »Ich habe beim Mittagessen beobachtet, wie du dich mit dem kleinen Lukas unterhalten hast.«

»Okayyy?« Er runzelte die Stirn. War das etwa nicht erlaubt? Und warum wechselte er das Thema, anstatt sich zu dem zu äußern, was er ihm gerade anvertraut hatte? Er hätte gerne eine Meinung dazu gehört! Hatte er sich jetzt völlig umsonst geöffnet?

»Tobi?« René drückte umsichtig einen Ast zur Seite, der quer im Weg hing. »Hast du, seit wir uns unterhalten, irgendwen nach mir rufen hören?«

»Hä? Nee, warum?«

»Weißt du, ich bin kein Berufsberater. Und das Letzte, was ich will, ist, dir einen Weg aufzuschwatzen, der ebenfalls nicht deiner ist. Aber von Weitem hatte ich bei deinem Gespräch mit Lukas den Eindruck, dass du ein Händchen dafür hast.« Er warf Tobi einen kurzen Blick zu, dann konzentrierte er sich wieder auf den Weg und fuhr im Plauderton fort: »Cleo hat mir vorhin verraten, dass der Junge sich ihr gegenüber völlig anders verhalten hat, als die Kids nach dem Essen zur Mittagsruhe sollten. Sie glaubt, dass sie das dir zu verdanken hat.«

»Ehrlich? Hat er sie nicht mehr angepöbelt?« Tobi freute sich riesig über diese Nachrichten.

Doch René ging nicht weiter darauf ein. »Was ich damit sagen will: Mit Menschen zu reden und Zeit zu verbringen, wie es dir in deinem Praktikum so gut gefallen hat, ist in meinem Beruf kein nettes Extra, sondern ein wichtiger Bestandteil. Keiner meiner Kollegen wird mich wegrufen, wenn sie sehen, dass ich mich gerade mit dir unterhalte. Zumindest nicht, solange kein Feuer ausbricht oder so.« Er zwinkerte ihm zu und fuhr ernst fort: »Das, was wir hier gerade tun, ist Teil meiner Aufgabe und es ist essenziell wichtig, dass ich dich als Menschen und nicht bloß als Nummer sehe.« Er klopfte ihm kräftig auf die Schulter. »Denk einfach mal darüber nach.« Damit wandte er sich unvermittelt um, ließ ein paar Jungs passieren und rief den Letzten in der Reihe gut gelaunt zu: »Na los, ein bisschen mehr Elan! Wir sind gleich da.«

Verwirrt stolperte Tobi vorwärts, während er sich verrenkte, um René nachzublicken. Hatte er da gerade angedeutet, er solle Sozialarbeiter werden? Komplett weg von der Medizin? Er fühlte sich wie aus einem Zug geschleudert. Der Gedanke war so vollkommen neu, so anders, dass er ihn überhaupt nicht einzuordnen wusste.

♥

Cleo stand in der Küche und bereitete eine absurd große Schüssel Salat für den Grillabend vor, als sie Tobis Stimme hinter sich vernahm:

»Klopf, klopf.«

Ruckartig wandte sie sich zur Tür, wo er lässig im offenen Türrahmen lehnte und gegen eine imaginäre Tür klopfte. Sofort stahl sich ein erfreutes Lächeln auf ihr Gesicht.

»Hey Tobi! Na, wie war die Wanderung?«

»Aufschlussreich.« Seine coole Haltung fiel von ihm ab wie ein zu schwerer Mantel, als er sich verlegen blinzelnd eine Haarsträhne aus der Stirn strich.

Sofort geriet Cleos Herz aus dem Takt. Wie er einerseits so verwegen aussah mit dem zerzausten Haar und den Bartstoppeln, die sich wild über Kinn und Wangen verteilten, und gleichzeitig fast schon schüchtern zu ihr herüber grinste, wühlte etwas in ihr auf.

Sie räusperte sich. »Inwiefern denn?«

Er zeigte auf die Salatschüssel und fragte: »Stör ich dich nicht?«

»Quatsch, komm rein. Kannst mir ja helfen.«

Sofort trat er näher, wusch sich die Hände und nahm sich der Tomaten an, die zum Waschen bereitstanden. Sorgfältig rieb er eine nach der anderen unter fließendem Wasser ab.

»Na ja«, begann er schließlich, »René hat mit mir gesprochen. Er hat mir vorgeschlagen, mal darüber nachzudenken, ob sein Job nicht auch was für mich wäre.«

»Und?«, fragte Cleo atemlos. Sollte sie ihm verraten, dass sie es gewesen war, die mit dieser Idee an René herangetreten war?

Tobi nickte bedächtig. »Also ich wäre da niemals drauf gekommen. Dazu war ich gedanklich viel zu sehr auf die Schiene mit der Medizin eingeschossen.« Er lachte leise. »Wenn ich mit der Idee nach Hause käme, das Studium abzubrechen und dafür was ganz anderes zu machen, würde mein Vater im Dreieck springen.«

»Ach, schade.« Enttäuschung breitete sich wie zähflüssiger Teer in Cleos Brust aus. Nachdem sie Tobi mit Lukas beobachtet und urplötzlich diese Idee gehabt hatte, war sie ganz aufgeregt gewesen. Sie hatte sich vorgenommen, ihm gleich am Abend von ihren Überlegungen zu erzählen. Doch dann war sie nochmals mit René ins Gespräch gekommen und es war einfach aus ihr herausgeplatzt. Nun, da sie hörte, wie unpassend ihr Vorschlag war, war sie fast froh, dass Tobi nicht ahnte, auf wessen Mist das Ganze gewachsen war.

»Wieso schade?«, fragte er.

Cleo zuckte betrübt mit den Schultern. »Na ja, wäre doch schön gewesen, wenn du da 'ne Alternative für dich gesehen hättest.«

Er drehte den Wasserhahn zu und schüttelte sorgfältig das Sieb mit den gewaschenen Tomaten über der Spüle. »Wer sagt denn, dass dem nicht so ist?«

Überrascht hob Cleo den Kopf.

Tobi blickte aus dem Fenster auf die große Wiese, wo Aylin mit den Kindern Fußball spielte. »Es geht ja nicht darum, ob mein Vater mit meiner Zukunftsplanung glücklich ist«, murmelte er.

Cleo hatte den Eindruck, er spräche mehr zu sich selbst als zu ihr. Sie wagte kaum, sich zu bewegen, um ihn nicht aus seinen Gedanken zu reißen.

»Im ersten Moment war ich sehr überrascht und dachte: *Nee, das ist doch verrückt.* Aber je länger ich es mir durch den Kopf gehen lasse, desto logischer erscheint es. Genau das, was mir beim Praktikum im Krankenhaus am meisten Freude gemacht hat, könnte ich da tun. Und ich glaube, gerade zu Kindern hab ich 'nen ganz guten Draht.« Er wandte ihr den Kopf zu. Das zufriedene Lächeln stand ihm ausgesprochen gut.

»Ich freu mich total, dass ich helfen konnte«, sagte Cleo strahlend. Erst als sie das Echo der Worte in ihrem Kopf hörte, bemerkte sie ihren Fehler. Erschrocken hielt sie sich die Hand vor den Mund. Verdammt! Warum redete sie immer schneller, als sie nachdachte?

»Du?«, fragte Tobi stirnrunzelnd.

Hitze stieg Cleo ins Gesicht. »Äh.« Sie trat nervös von einem Fuß auf den anderen. »Ja, ehm, also die Idee hat René von mir. Er musste mir versprechen, nix zu sagen. Weil ... eigentlich wollte ich selbst mit dir darüber reden und es ist mir bei ihm einfach rausgerutscht.« Sie fuchtelte nervös mit ihren Händen in der Luft herum. Auf keinen Fall sollte Tobi glauben, sie würde hinter seinem Rücken über ihn reden!

»Denk jetzt bitte nicht, ich wollte dich manipulieren.«

Mit hochgezogenen Augenbrauen sah er sie an. Sie konnte unmöglich deuten, was er dachte. Erst nach quälend langen Sekunden lachte er auf und süße Grübchen bohrten sich in seine Wangen.

»Warum sollte ich denn so was denken? Ich finde es einfach nur Hammer, dass du dir überhaupt Gedanken über mich und meine Probleme machst! Ich meine, bei René ist das der Job. Aber du bräuchtest dir doch gar nicht den Kopf über mich zu zerbrechen!« Strahlend trat er auf sie zu, drückte sie so fest an sich, dass sie kaum Luft bekam, und hob sie in die Höhe.

Erschrocken quietschte Cleo auf und klammerte sich an seine Hüfte.

»Danke«, hauchte er, als er sie wieder auf die Füße stellte.

»Gern geschehen.« Sie hörte ihr eigenes Flüstern kaum, so laut rumpelte ihr Herz gegen den Brustkorb. Seine Nähe ließ ihren Puls bis unter die Decke schießen.

Reglos standen sie sich gegenüber und hielten sich fest. Noch immer berührten sich ihre Körper. Tobis Gesicht war nur eine Handbreit von ihrem entfernt. Sie nahm deutlich wahr, dass auch sein Herzschlag sich beschleunigt hatte und urplötzlich mischte sich ein weiteres Gefühl zu ihrer Freude und Aufregung.

Ihn so dicht an sich zu spüren jagte einen erregenden Schauer durch ihren ganzen Leib. Das heftige Prickeln sammelte sich im Magen und breitete sich unaufhaltsam bis in ihren Schoß und die Brustwarzen aus.

Auch Tobis Blick hatte sich verändert. Er zog sie noch enger an sich und wie im Film näherten sich ihre Lippen in Zeitlupe. In diesem Moment war Cleo sich vollkommen sicher: Sie hatte Gefühle für ihn. Auch wenn sie sich noch nicht einmal einen ganzen Tag lang kannten – er war ihr so vertraut, als sei er schon ewig Teil ihres Lebens. Sie hatten so intensiv erlebt, wie gut sie sich ergänzten und gegenseitig stützten, dass Zeit keine Rolle spielte. Was hier geschah, mochte verrückt sein, doch sie hieß das Verrückte mit offenem Herzen willkommen.

Ihre Augen schlossen sich. Auf ihren Lippen spürte sie bereits kribbelnd seinen Atem.

»Cleo?«

Die beiden sprangen auseinander, als hätten sie sich gegenseitig einen Stromschlag verpasst. In derselben Sekunde bog Raphael um die Ecke und betrat die Küche.

»Was macht denn der Salat?« Er beäugte sie fragend.

»Gut«, fiepte Cleo. »Ich meine – gleich fertig. Äh, Tobi hilft mir.«

»Ich hab Tomaten gewaschen«, erklärte er hektisch.

»Aha.« Rapha kniff die Augen zusammen. Ahnte er etwas? Wenn ja, war er eindeutig wenig amüsiert. »Das ist nett von dir«, stellte er sachlich fest und wandte sich zum Gehen. »Beeilt euch bitte und bringt den Salat gleich raus. Das Fleisch ist schon fertig gegrillt.«

Tobi lag auf seinem Bett und starrte seit einer halben Stunde an die Decke. Nachdem er mit Cleo schnell Salat, Geschirr und Besteck nach draußen getragen hatte, hatte er alleine gegessen und sich dann gleich in die Blockhütte zurückgezogen. Auf keinen Fall wollte er, dass sie seinetwegen Ärger bekam! Lieber hielt er sich von ihr fern. Er hätte sich erst gar nicht verleiten lassen dürfen, ihr so nahe zu kommen! Es war doch völlig klar, dass sie als Mitarbeiterin während des Camps keine Liebesgeschichte mit ihm anfangen durfte. Hoffentlich nahm Rapha ihnen ab, dass in der Küche nichts zwischen ihnen gelaufen war. Er würde sich ab sofort besser unter Kontrolle haben müssen. Sie hatte schon so viel für ihn getan und womit dankte er es ihr? Indem er sie in Schwierigkeiten brachte!

Er seufzte tief und versuchte, sich auf das zweite Chaos in seinem Kopf zu konzentrieren. Er musste sich dringend die Zeit nehmen, über Renés – oder vielmehr Cleos Vorschlag nachzudenken. Beruflich eine komplett neue Richtung einzuschlagen war eine große Entscheidung. Sein bisheriges Studium wäre damit vollkommen umsonst gewesen. Mit einem verächtlichen Schnauben drehte er sich vom Rücken auf die Seite. Das klang ja, als wäre er gerade dabei, seine Doktorarbeit zu schreiben. Was waren schon zwei Semester? Einige seiner ehemaligen Schulfreunde hatten nach dem Abitur ein Jahr *Work & Travel* im Ausland eingelegt, die waren doch jetzt auch noch nicht weiter! Aber woher sollte er wissen, ob es richtig war, für diesen Job das angefangene Studium hinzuschmeißen?

Er ächzte. Es war zwecklos. Er würde heute Nacht zu keinem Ergebnis mehr kommen. Dazu war er viel zu aufgewühlt. Himmel, wenn Sandro ihm jetzt noch einmal etwas zu rauchen angeboten hätte, hätte er dankend angenommen. Für die Überlegung ohrfeigte er sich in Gedanken sofort selbst.

Ärgerlich warf er sich zurück auf den Rücken. Er kam sich vor wie ein Papierschiff auf hoher See. Völlig hilflos wurde er von seinen Gewohnheiten, Fragen und Wünschen hin und her geworfen. Unfähig, eigenständig einen klaren Kurs festzulegen. Erschöpft schloss er die Augen und gab sich der Müdigkeit hin, die ihn urplötzlich ergriff.

♥

Wie in Zeitlupe stapelte Cleo benutzte Teller in einer Kiste aufeinander. Ihre Glieder waren vor Müdigkeit schwer wie Blei. Den Abwasch würde sie morgen früh erledigen, doch die Tische mussten sauber sein, bevor sie sich ins Bett begeben konnte.

»Komm, ich helfe dir. Du schläfst ja gleich im Stehen ein.« Raphael war an ihre Seite getreten und packte sofort mit an.

»Danke«, murmelte sie.

Es dauerte nicht lange, bis seine unvermeidliche Frage kam: »Sag mal, was war das denn mit Tobi vorhin?«

»Wir haben uns nur umarmt«, versicherte sie und ergänzte in Gedanken bedauernd: *Zu mehr sind wir ja nicht gekommen!* Zu Raphael sagte sie stattdessen: »Ich hab mich so gefreut, dass ihm meine Idee mit dem Beruf als Sozialarbeiter gefällt.«

»Ja, René hat mir davon erzählt. Ich denke, ich werde mich morgen mal mit ihm unterhalten. Ich möchte nicht, dass er jetzt aus einer Laune heraus alles hinschmeißt.«

Cleo nickte. Daran hatte sie auch schon gedacht. Sie wollte auf keinen Fall schuld sein, wenn er seinen Werdegang wegen ihrer Schnapsidee in den Sand setzte.

»Du, Rapha«, begann sie aus einem noch unreifen Gedanken heraus, »meinst du nicht, er könnte hier ein bisschen in den Beruf reinschnuppern? Ich meine, das normale Programm ist doch eh nix für ihn.«

»Hm. Prinzipiell keine schlechte Idee. Muss ich mir durch den Kopf gehen lassen und im Detail intern besprechen.« Er sah sie streng an. »Es geht dabei doch nicht bloß darum, dass ihr euch besser treffen könnt? Du weißt, dass wir keine Affären mit den Jungs dulden.«

Cleo schluckte, schüttelte jedoch heftig den Kopf. »Nein, darum geht es nicht!« Sie zögerte kurz, entschied sich aber, ehrlich zu Raphael zu sein. Seine feinen Antennen waren ohnehin nicht zu täuschen. »Ja, du hast recht: Ich mag Tobi sehr, obwohl ich ihn erst seit der Überfahrt kenne.« Sie blickte zu Boden, um ihr erhitztes Gesicht vor ihm zu verbergen. »Aber ich halte mich zurück, versprochen. Ich will einfach nur, dass er glücklich wird. Und ehrlich gesagt hab ich Sorge, dass die Jungs in seiner Gruppe ihn runterziehen.«

Raphael legte seine große Hand auf ihre. »Danke für deine Ehrlichkeit.«

Cleo nickte bloß. Sie wusste, es war richtig, ihre aufkeimenden Gefühle hinter Schloss und Riegel zu verbannen, um Tobi den Weg in eine zufriedene Zukunft nicht zu verbauen. Dennoch tat es schon jetzt weh.

♥

»Tobi?« Raphael hielt ihn am Arm fest, als er am nächsten Morgen nach dem Frühstück zusammen mit seiner Gruppe auf ihre Blockhütte zusteuerte. »Hast du einen Augenblick? Ich würde gerne mit dir sprechen.«

Sofort beschleunigte sich sein Atem. Gab es nun doch noch eine Standpauke, dass er seine Finger von den Mitarbeiterinnen zu lassen hatte? Cleo musste der Betreuer bereits in die Mangel genommen haben, so distanziert wie sie sich ihm gegenüber vorhin bei der Essensausgabe verhalten hatte!

Sandro und Marvin riefen wie aus einem Munde: »Oh-oh!« Sie grinsten breit.

»Haste Scheiße gebaut?«, fragte Marvin unverblümt.

»Sieh du lieber zu, dass du deinen Saustall aufräumst, bevor René euch gleich abholt«, unterbrach Raphael ihn. »Ich wüsste wirklich gerne, wie man in so kurzer Zeit so eine Unordnung zustande bringt!«

Marvin grunzte abfällig, zog aber dennoch den Kopf ein und beschleunigte seinen Gang.

Tobi blieb an Raphas Seite stehen. »Was gibt's denn?«, fragte er, als die anderen außer Hörweite waren.

»Setzen wir uns.« Der Betreuer hielt auf dieselbe Bank zu, auf der Tobi Cleo gestern nach ihrer

Auseinandersetzung mit Lukas Mut zugesprochen hatte. »Keine Sorge, es geht um nichts Schlimmes«, erlöste er ihn endlich, als sie sich niederließen. »Es geht um den Vorschlag, den Cleo und René an dich herangetragen haben.«

»Okay.« Tobi war gespannt, was Raphael zu der Sache meinte. Da dieser jedoch keine Anstalten machte, etwas zu sagen, kommentierte er die Idee stattdessen: »Das klingt schon alles total gut. Ich weiß halt nur zu wenig über das Ganze.«

»Natürlich. Woher auch.« Er lehnte sich zurück. »Hast du denn konkrete Fragen?«

»Hm. Na ja, wie sieht zum Beispiel der normale Arbeitsalltag so aus?«

Rapha lachte. »Das kannst du gleich mal aus deinem Vokabular streichen. *Normal* und *Alltag* sind Worte, die du vielleicht bei einem Bürojob verwenden kannst. Aber hier geht es um Menschen mit unterschiedlichsten Hintergründen. Da gibt's kein Schema F.« Und dann begann er, von seiner Arbeit als Sozialarbeiter zu erzählen. Von beglückenden und belastenden Erlebnissen. Von Problemen und wie er sie gelöst hatte. Auch wenn er keine Namen nannte, berührten die Schicksale, von denen er berichtete, Tobi zutiefst. Zwischendurch fragte Raphael nach seiner Meinung zu verschiedenen Situationen und schien seine Regungen genauestens zu beobachten.

Und dann machte er ihm ein Angebot, das sich anfühlte, als würde es sein Leben schwerwiegend ver-
ändern: »Ich denke, Cleo und René haben recht, dass
du in der Erwachsenengruppe nicht wirklich die Hilfe bekommst, die du brauchst. Ich habe den Eindruck, dass du durchaus diszipliniert und verantwor-
tungsvoll arbeiten kannst, wenn du willst.« Er sah
ihn prüfend an und Tobi nickte. »Es ist ein unge-
wöhnlicher Weg, aber ich habe dir ja eben erzählt,
dass man in meinem Beruf manchmal flexibel den
Kurs wechseln muss.« Noch einmal flocht er eine
Pause ein, bevor er die Katze endlich aus dem Sack
ließ: »Ich möchte dir anbieten, dass wir deinen Aufenthalt hier in ein Praktikum umwandeln. Du würdest
Aylin, Cleo und mich bei der Arbeit mit den Kleinen
unterstützen.«

Tobis Augenbrauen schnellten in die Höhe. Er
schnappte nach Luft. Hatte er das richtig verstanden?

»Natürlich nur als Helfer«, schob Raphael schnell
hinterher. »Ein bisschen mit den Kids malen, sie unterstützen, wenn sie mit einer Aufgabe nicht alleine
klarkommen und auch mit Cleo zusammen den Küchendienst übernehmen. Bezahlen können wir dich
dafür zwar nicht, aber vielleicht bringt dich das Ganze weiter, als mit den Jungs das Orientierungspro-
gramm zu absolvieren.« Er zuckte lächelnd mit einer
Schulter. »Und wer weiß, wenn du Spaß an der Sache

hast und dich gut anstellst, kannst du vielleicht ein duales Studium bei uns absolvieren.«

Tobi starrte ihn an wie einen Geist. Diese plötzliche Option kam so unerwartet, dass er völlig überfordert vor sich hin stammelte. »Das ist ... Das klingt total ... Also – wow.« Er bemühte sich, seine Gedanken zu sortieren. Ein Praktikum. Natürlich! So hätte er Gelegenheit, all seine Fragen und Unsicherheiten zu klären, ohne gleich den Sprung in den Studienabbruch zu wagen.

»Wie ... wann würde es denn losgehen?«

»Jetzt«, gab Rapha schmunzelnd zurück. »Intern habe ich bereits alles geklärt. Du kannst dir das auch in Ruhe durch den Kopf gehen lassen. Aber sobald du zu dem Schluss kommst, dass du das machen möchtest, ziehst du um in die Betreuerhütte, bekommst eine Schulung und dann können wir anfangen.«

Tobis Herzschlag geriet vollkommen aus dem Takt. Er konnte jetzt sofort damit beginnen, ein neues Leben probezufahren? Die Aussicht, nicht länger mit den anderen Jungs in einer Hütte zu wohnen, war ein weiterer Anreiz. Weg von der destruktiven Stimmung und den Versuchungen. Kurz horchte er in sich hinein und spürte, dass die Entscheidung längst gefallen war.

Er strahlte Raphael an und sagte feierlich: »Vielen Dank für dein Vertrauen. Das klingt fantastisch und ich würde das Angebot sehr gern annehmen.«

Der Betreuer lächelte erfreut. »Schön. Dann sage ich den anderen Bescheid und du kannst schon mal deine Sachen packen. Das dort ist unsere Hütte. Du kannst dir ein freies Bett aussuchen.« Er zeigte auf eines der Holzhäuschen. »Die Betreuerinnen wohnen übrigens im Blockhaus links nebenan. Heute Vormittag wirst du erst einmal nur mit Cleo den Putz- und Küchendienst machen. Bevor ich dich bei den Kindern einplane, setzen wir zwei uns für ein paar Stunden zusammen und sprechen darüber, was du darfst und was nicht und worauf es besonders ankommt.«

»Gerne!« Tobi war voller Tatendrang und hätte am liebsten sofort mit der Schulung begonnen.

»Wenn du deinen neuen Schlafplatz bezogen hast, kannst du dich bei Cleo zum Dienst melden. Die wird sich übrigens freuen. Die Idee mit dem Praktikum war von ihr.« Damit erhob sich Raphael.

Mit offenem Mund sah Tobi ihn an und Wärme stieg ihm ins Herz. Schon wieder Cleo! Sie hatte nicht nur genau verstanden, was er tief im Inneren suchte, sie hatte sich auch sofort für ihn eingesetzt. Was für eine unglaubliche Frau! Sogleich fiel ihm ihr Beinahekuss ein und ein verdächtiges Prickeln huschte durch seine Lenden.

Rasch wandte er sich dem Hier und Jetzt zu. »Soll ich dann einfach rüber in die andere Hütte gehen, wenn ich gepackt hab?«

»Ja, ich bin die nächste Stunde auf jeden Fall dort und erledige Orgakram. Vielleicht kannst du mir bei so etwas auch zur Hand gehen. Aber wir werden sehen.« Rapha klopfte ihm noch einmal freundlich auf den Rücken, dann wandte er sich zum Gehen.

Tobi eilte zu seiner Hütte. Als er die Tür aufstieß, drehten die Jungs sich sogleich zu ihm und musterten ihn neugierig.

»Na?«, fragte Marvin, der tatsächlich das Durcheinander rund um seinen Schlafplatz minimiert hatte, »hast nen Einlauf bekommen?«

»Was hast'n angestellt?«, wollte Sandro wissen.

»Nix«, gab Tobi wortkarg zur Antwort. Was sollte er sagen? Natürlich konnte er nicht einfach stillschweigend ausziehen. Aber eigentlich hatte er auch wenig Lust, ihnen alles haarklein zu berichten. Wie würden sie seinen Wechsel auffassen? Wären sie eifersüchtig oder fühlten sie sich gar verraten?

»Nu sag schon!«, meldete sich nun auch Deniz zu Wort, der sich sonst meist aus den Gesprächen der beiden anderen heraushielt.

Tobi seufzte tief. Es half ja nichts. Wenn er nicht erklärte, was Sache war, würden sie es ihm eher krummnehmen, als wenn er ehrlich mit ihnen sprach. »Okay ... Ich muss euch was erzählen.« Er setzte sich auf den Rand seines Bettes und stützte die Unterarme auf den Knien ab.

»Oh, jetzt wird's spannend!« Marvin freute sich offenbar auf eine skandalöse Geschichte.

Die drei Jungs kamen näher.

»Also, ich weiß nicht genau, wo ich anfangen soll, drum mach ich's kurz: Ich spiele mit dem Gedanken, das Medizinstudium hinzuschmeißen und stattdessen beruflich so was zu machen wie René, Rapha und die anderen.« Er hob den Kopf und blickte in erstaunte Gesichter.

»Ey, überleg dir das genau. Arzt werden ist doch krass gut«, kommentierte Marvin schließlich.

Tobi nickte. »Genau deswegen muss ich rausfinden, ob das hier was für mich ist und ... ähm.« Er kratzte sich nervös am Kopf. »Also, Raphael hat mich eingeladen, statt des normalen Programms die nächsten zwei Wochen hier ein Praktikum bei ihm zu machen und ...« Er holte tief Luft. »Und deshalb ziehe ich jetzt bei euch aus und komme in die Hütte vom Betreuerteam.«

Schweigen. Eine gefühlte Ewigkeit wurde er bloß von drei kreisrunden Augenpaaren angesehen.

Sandro fand als Erster seine Sprache wieder. »Wie jetzt ... Du wechselst einfach die Seiten?« Seine Stimme und die gesamte Körperhaltung schienen mit einem Mal aufs Äußerste angespannt zu sein. An seinem Hals zeigten sich hektische rote Flecken. Erst nach ein paar Sekunden hatte er die entgleisten Gesichtszüge wieder im Griff.

Er setzte sich neben Tobi aufs Bett und sah ihn eindringlich an. »Junge, dir ist klar, dass du Dinge weißt, die einen Betreuer nichts angehen? Ich hoffe doch sehr, wir zwei haben jetzt kein Problem ...«

Tobi runzelte die Stirn. Was wollte Sandro von ihm? Und bildete er sich den drohenden Unterton in seiner Stimme bloß ein? In dem Moment machte es *klick*. Er hatte Angst, dass er ihn wegen seiner Grasvorräte verpfiff.

Beschwichtigend hob Tobi die Hände. »Keine Panik, von mir erfährt keiner, was in deinem Rucksack ist.« Er hielt die Luft an. Genau genommen hatte er ihn bereits verpetzt. Ihm wurde heiß. Hoffentlich hielt Cleo die Klappe! Sandro machte nicht den Eindruck, als verstünde er bei Verrätern allzu viel Spaß.

»Das hoffe ich für dich«, raunte er kaum hörbar.

Tobis Puls raste. Wenn jetzt irgendetwas rauskam, wäre er sofort unter Verdacht. Bisher hatte Sandro stets einen auf Kumpel gemacht. Doch wie er so schön sagte, hatte Tobi nun die Seiten gewechselt. Wie weit würde er gehen, wenn er sich in die Enge getrieben fühlte? Waren dies Situationen, denen Tobi in einer Laufbahn als Sozialarbeiter des Öfteren begegnen würde?

»Ich bin in dem Praktikum nur für die Kids und den Küchendienst zuständig«, sagte er rasch. »Was ihr hier treibt, geht mich noch nicht mal was an.«

»Sehr richtig. Das geht dich wirklich nix an«, betonte Sandro.

»Genau«, bekräftigte nun auch Marvin.

»Jetzt lasst ihn endlich in Ruhe!« Deniz war einen Schritt vorgetreten. Alle sahen ihn erstaunt an. Er zuckte mit den Schultern. »Er hat doch gesagt, er verrät euch nicht. Wenn er das gewollt hätte, hätte er es schon längst getan. Also entspannt euch mal.« Er schob seine Hände in die Hosentaschen und blickte Tobi in die Augen. »Ich find's gut, dass du das machst. Alle labern hier davon, dass sich was ändern muss. Ist doch cool, wenn wenigstens einer auch was tut.«

»Danke.« Erleichtert lächelte Tobi ihn an. Er war heilfroh, dass der schweigsame Deniz die Anspannung ein wenig gebrochen hatte. Bevor die Diskussion von vorn beginnen konnte, erhob er sich und murmelte: »Ich pack dann mal meine Sachen.«

»Ja, okay, alles Gute, Digga«, sagte Marvin leise. Seine Meinung war offenbar leichter zu beeinflussen als Sandros, der seinerseits nur grunzte und sich in seine Ecke zurückzog, von wo aus er ihn kritisch beäugte.

Kapitel 5

»Praktikant Tobi meldet sich gehorsamst zum Dienst!« Mit einem schiefen Grinsen salutierte er vor Cleo, die gerade auf allen vieren einen eingetrockneten Soßenfleck vom Küchenboden kratzte.

Überrascht sah sie auf. »Praktikant?«, wiederholte sie.

»Ja. Und ich weiß auch, wer wieder dahinter steckt. Also ... danke!«

Sie erhob sich. »Cool, dass es geklappt hat. Dann bist du jetzt offizielles Crew-Mitglied?«

Tobi nickte. »Ich bin schon umgezogen und Rapha hat mir 'nen Schichtplan geschrieben. Ich soll dir bis nach dem Mittagessen hier helfen und später bekomm ich dann die volle Dröhnung an Infos von ihm, was im Umgang mit den Kids zu beachten ist.« Erwartungsvoll strahlte er sie an. Doch anstatt ihn freudig in den Arm zu nehmen, blieb sie einfach nur stehen.

»Das ist schön. Willkommen im Team.« Sie lächelte zwar, wirkte dabei aber distanziert und verschlossen. Wo war ihre überschwängliche Herzlichkeit geblieben?

»Alles okay?«, fragte Tobi vorsichtig.

»Ja, sicher. Freut mich sehr für dich. Kannst du die Spülmaschine ausräumen?« Damit sank sie wieder auf die Knie und widmete sich dem widerspenstigen Fleck auf dem Boden.

Enttäuscht ließ Tobi die Schultern hängen. Was war das denn? Ihm war, als hätte sie ihm eine Ohrfeige verpasst. Er hatte sich doch so sehr gefreut, mit ihr zusammenzuarbeiten. Nun kam es ihm fast vor, als wolle sie ihn gar nicht hier haben. Dabei war die ganze Aktion ihre Idee gewesen!

Geknickt wandte er sich zum Geschirrspüler und machte sich an die Arbeit. Als er die Teller aufeinandergestapelt hatte, öffnete er nacheinander alle Schränke, um herauszufinden, wo diese hingehörten. Natürlich hätte er einfach Cleo fragen können, doch sie wirkte so distanziert, dass er es bleiben ließ.

Schließlich bemerkte sie doch, dass er nicht weiter kam. »Da, links neben dem Backofen.« Sie zeigte auf den besagten Schrank.

»Danke.«

Sie presste kurz die Lippen zu einem emotionslosen Lächeln aufeinander und wandte sich dann wieder dem Fußboden zu.

Am liebsten hätte Tobi die Teller stehenlassen und wäre gegangen. Das hier hatte er sich wirklich anders vorgestellt. Die Enttäuschung über ihr eigenartig abweisendes Verhalten steigerte sich in seinem Magen zu bohrendem Ärger. Was sollte das denn? Erst machte sie einen auf verständnisvolle Zuhörerin, dann hätten sie sich fast geküsst, als nächstes organisierte sie ihm das Praktikum und nun herrschte von einem Moment auf den anderen Eiszeit? Würde das die kommenden zwei Wochen so weiterlaufen? Das konnte ja heiter werden!

Cleo schielte immer wieder mit schlechtem Gewissen zu Tobi, während sie schweigend die Reste des Frühstücks beseitigten und anschließend das Mittagessen vorbereiteten. Dass Tobi frustriert war und sich an ihrer Seite unwohl fühlte, verbarg er nicht vor ihr. Mit unzufriedener Miene verrichtete er seine Arbeiten.

Das war doch alles ein Riesenmist! Fast bereute Cleo, Raphael auf die Idee mit dem Praktikum gebracht zu haben. Wie sollte sie das bloß durchstehen?

Bei der Essensausgabe unterstützte Tobi sie, setzte sich dann aber rasch mit seinem Essen zu Raphael und René. Erst, als alle mit vollgeschlagenen Bäuchen von dannen zogen, kam er wieder zu ihr. Sie räumten das Geschirr weg, fingen mit dem Putzen von vorne an und redeten dabei nur wenig. Die Stimmung hatte inzwischen den Gefrierpunkt erreicht.

Warum nur war das Leben so kompliziert? Das hier hätte doch richtig schön werden können! Stattdessen stieß sie Tobi so vor den Kopf und war einfach nur froh, dass er demnächst zu seiner Schulung musste.

Zwar war ihr auch etwas mulmig zumute, wenn sie daran dachte, gleich mit Aylin zu den Kindern zu gehen, doch seit dem gestrigen Mittagessen hatte Lukas sich ruhig verhalten. Um die anderen fünf Kids machte sie sich wenig Sorgen. Die waren laut und überdreht, aber zumindest friedlich.

»So, ich muss los«, murmelte Tobi. Er blickte sich in der fast schon sauberen Küche um. »Sollen wir den Rest heute Abend zusammen machen?«

Cleo seufzte. Obwohl sie ihn so hatte auflaufen lassen, war er noch immer hilfsbereit! Mit gesenktem Blick schüttelte sie den Kopf. »Ich mach das schnell fertig, ich hab noch 'ne Viertelstunde Zeit. Kein Problem.«

»Okay. Dann bis dann. Schönen Nachmittag.« Er hob die Hand zum Gruß und ging.

»Dir auch«, flüsterte sie kaum hörbar. Bedrückt sah sie ihm nach. Ihr war, als läge ein zentnerschweres Gewicht auf ihren Schultern. So würde das nicht funktionieren. Aber was sollte sie denn tun? Am liebsten hätte sie sich alleine irgendwo verkrochen. Stattdessen raffte sie sich auf und machte sich an die restlichen Arbeiten.

Der Nachmittag hätte ganz nach Cleos Geschmack sein müssen. Aylin hatte sich für die Jungs das Thema Superhelden überlegt. Jeder durfte sich einen

Helden mit einer besonderen Fähigkeit ausdenken, aus Stoff- und Klamottenresten ein Outfit inklusive Heldencape zusammenstellen und Cleo dann schildern, was für eine Maske sie ihm schminken sollte. Es herrschte aufgedrehte Geschäftigkeit und auch, wenn einer den anderen zu übertrumpfen versuchte, nahmen die Kinder ihre Aufgabe ernst genug, um ein echtes Konzept zu entwickeln. Da wurde mit seriösen Mienen diskutiert, welche Farben zu einer bestimmten Superkraft passten, wie der Name des Helden lauten sollte und sogar erste Allianzen wurden geschlossen. Aylin machte sich unauffällig Notizen und Cleo nahm sich vor, sie später zu fragen, welche Schlüsse sie aus den Fantasien der Kinder zog.

»Hallo.« Lukas war mit einem Armvoll schwarzgrüner Kleidung an Cleo herangetreten. Er blinzelte hektisch und wippte mit dem Fuß.

»Hallo. Kann ich dir helfen?« Sie setzte ein freundliches Gesicht auf und fand, dass es ihr recht ordentlich gelang.

»Du sollst mich schminken.« Es klang ein wenig wie eine Frage.

Bei ihrem jüngeren Bruder hätte sie jetzt darauf bestanden, dass er bitte sagte, doch sie entschied, dass sein friedliches Auftreten für den Moment genügte.

»Alles klar. Was für ein Superheld bist du denn?«

»Ich bin *Doctor Power!*«, verkündete er pathetisch.

»Klingt ja sehr mächtig.« Sie zwinkerte ihm zu. »Und was kann *Doctor Power* so?«

Lukas setzte sich auf den Hocker vor dem provisorisch aufgebauten Schminktisch, legte die schwarzen Leggins, das grüne Trikot und die grüne Decke ab und erklärte: »Ich kann Leute verschwinden und erscheinen lassen.«

»Krass.« Cleo nickte beeindruckt. »Und wie soll deine Maske aussehen?«

Lukas zeichnete mit dem Zeigefinger Konturen auf sein Gesicht und erläuterte feierlich: »Die linke Seite ist schwarz und die rechte grün. Weil auf der einen Seite erlaube ich jemandem, zu leben und auf der anderen halt nicht.«

»Verstehe.« Obwohl Cleo es bedrückend fand, mit welcher Selbstverständlichkeit der Junge über Leben und Tod sprach, stellte sie auch erstaunt fest, wie viel Sinn sein Farbkonzept machte. »Wohin gehen die Leute denn, wenn du sie verschwinden lässt?«

Er zuckte mit den Schultern. »Sind halt einfach weg.«

»Und wen würdest du erscheinen lassen?«

Sein Gesicht verhärtete sich. »Eben Leute, die abhauen, ohne mich vorher um Erlaubnis zu fragen. Kannst du jetzt anfangen?«

»Na klar.« Sie sah Schmerz in seinem Blick. Um die Stimmung nicht kippen zu lassen, griff sie rasch nach ihren Farben und zeigte sie ihm. »Welches Grün hättest du denn gern?« Aus dem Augenwinkel bemerkte sie, dass Aylin sie beobachtete. Als sie zu ihr hinüber sah, nickte ihr diese zufrieden zu. Sie lächelten sich kurz an.

»Das da, bitte«, sagte Lukas.

Cleo stutzte. Hatte sie sich verhört? Hatte er gerade *bitte* gesagt? Am liebsten hätte sie Tobi sofort erzählt, wie sehr sich das Verhältnis zu dem Jungen verbessert hatte. Bei dem Gedanken zog sich ihr Herz zusammen. Mit dem hatte sie es sich wahrscheinlich komplett vergeigt. Wenn sie an seinen enttäuschten Blick dachte, wollte sie sich am liebsten eine dicke Decke über den Kopf ziehen und die Welt ungeschehen machen. Ihr Verhalten tat ihr so leid. Vielleicht wäre es besser, sich später bei ihm zu entschuldigen?

Sie zog sich einen Hocker heran, wies Lukas an, die Augen zu schließen, und zeichnete mit dem Pinsel die Konturen einer Maske auf seine obere Gesichtshälfte.

Sicher würde Tobi ihre Reaktion verstehen, wenn sie es ihm erklärte. Aber wollte sie das? Er sollte sie nicht wieder umstimmen oder sich falschen Hoffnungen machen. Nein, sie hatte das doch gestern Nacht und den ganzen Morgen lange und ausgiebig durchdacht. Sie durfte jetzt nicht einknicken, bloß weil er sie mit diesem niedergeschlagenen Blick ansah!

»So, mach mal die Augen auf. Ist die Form gut so?«, fragte sie Lukas.

Er betrachtete die Umrisse seiner Superheldenmaske im Spiegel und nickte zufrieden. »Hm, kannste so machen.«

Cleo lächelte, ohne es zu fühlen. »Dann bin ich ja froh. Nicht, dass *Doctor Power* mich am Ende noch verschwinden lässt.«

Wenn sie recht darüber nachdachte, hätte sie in dem Moment gar nichts dagegen gehabt.

»So, ich würde sagen, das genügt für heute. Dir raucht bestimmt schon der Kopf, oder nicht?« Raphael lachte.

»Ein bisschen schon«, gab Tobi schmunzelnd zu. Er steckte die Kappe auf den Stift. Während der letzten drei Stunden hatte er eifrig Notizen auf den Block gekritzelt, den Rapha ihm zu Beginn seiner Einweisung überreicht hatte. Sie hatten sich an einen Picknicktisch am Seeufer gesetzt, wo sie ungestört waren.

Der Betreuer hatte ihm zunächst die eisernen Grundregeln im Umgang mit den Kindern erläutert und ihm anschließend unzählige Beispiele aus seiner Laufbahn erzählt, anhand derer Tobi einen Einblick

218

in die Praxis bekommen sollte. Während er zunächst nur interessiert zugehört hatte, sollte er später selbst Lösungsvorschläge für die verschiedenen Problemfälle vorbringen. Wenn eine Idee unpassend war, begründete Raphael genau, warum.

Tobi war beeindruckt vom Weitblick des Sozialarbeiters. Er dachte stets fünf Schritte weiter, hatte Konsequenzen und Zusammenhänge im Blick und erklärte detailliert, was er bei jeder Entscheidung, die er im Umgang mit anderen traf, bedenken musste. Es war faszinierend! Wenn Tobi sich vorstellte, dass all das nur ein Hauch dessen war, was er lernen würde, wenn er sich tatsächlich entschloss, Soziale Arbeit zu studieren, wurde ihm ganz schwindelig. Raphael hatte ihm auch erläutert, wie das duale Studium ablief und die Kombination aus Hörsaal und praktischer Arbeit gefiel ihm außerordentlich gut.

»Dann würde ich sagen, du hilfst Cleo jetzt mit dem Abendessen. Danach könnt ihr alles für den Spieleabend vorbereiten. Einen zusätzlichen Spielleiter kann ich heute gut gebrauchen.«

Ein nervöses Ziehen durchfuhr Tobis Magen, doch er war sich nicht sicher, ob es der Anspannung wegen seines ersten Einsatzes bei den Kids oder der Unsicherheit, wie er mit Cleo umgehen sollte, geschuldet war.

»Aufgeregt?«, erkannte Raphael richtig.

Wieder einmal staunte Tobi, wie zielsicher der Sozialarbeiter andere lesen konnte.

»Ja, schon irgendwie.«

»Keine Sorge. Aylin und ich sind immer dabei. Wir dürfen euch gar nicht mit den Kindern alleinlassen. Und Cleo wird sich freuen, dass du sie nun unterstützt.«

Na, da war sich Tobi nicht mehr so sicher! Er konnte sich ein kurzes Augenrollen nicht verkneifen. Doch falls Rapha es bemerkt hatte, ließ er es freundlicherweise unkommentiert.

Sie verabschiedeten sich und Tobi eilte zur Hütte, wo er seine Notizen sicher verstauen und sich ein wenig frisch machen wollte. Fast wäre er zum falschen Häuschen gelaufen. Er grinste breit, als er seinen Fehler bemerkte und bog zur Betreuerhütte ab. Das fühlte sich verdammt gut an! Hoffentlich war er noch immer dieser Meinung, wenn er seinen ersten Einsatz hinter sich hatte.

Er warf einen Blick auf die Uhr. Er hatte eine Viertelstunde, bis er bei Cleo in der Küche sein musste. Was auch immer ihr am Mittag die Laune verdorben hatte – vielleicht hatte sie sich zwischenzeitlich wieder eingekriegt? Wenn nicht, musste er sich etwas einfallen lassen. Er hasste diese unterschwellig schlechte Stimmung. Da war ihm notfalls sogar ein handfester Streit lieber.

In der Hütte setzte er sich einen Augenblick aufs Bett und blätterte durch seine Notizen. Erst hier in der Stille bemerkte er, wie sehr ihm der Kopf schwirrte. All die neuen Informationen surrten wie ein aufgescheuchter Insektenschwarm durch seine Gedanken. Ob er sich wenigstens die wichtigsten Punkte merken konnte?

Zu gerne hätte er jetzt mit jemandem über alles gesprochen. Die Vorstellung, Cleo könnte für den Rest des Aufenthalts als Vertraute ausfallen, versetzte ihm einen Stich. Verärgert über sich selbst schüttelte er den Kopf. Was stellte er sich eigentlich so an? Sie waren doch keine alten Freunde oder ... gar mehr! Aber warum wollte diese Frau einfach nicht aus seinen Gedanken verschwinden?

Als Cleo auf dem Weg zum Küchendienst den Platz in Richtung Gemeinschaftshütte überquerte, erkannte sie von Weitem, wie Tobi an der Holzwand lehnte und auf sie wartete. Verdammt, schon wieder dieser kribbelnde Aufruhr in ihrem Magen und das heftige Gepolter in der Brust! Und das nur, weil er da stand. Die Erkenntnis traf sie schmerzhaft. Sie hatte sich tatsächlich heillos in diesen Chaoten verliebt! Wie sollte sie bloß zwei Wochen an seiner Seite durchstehen?

»Hey«, grüßte er, als sie zu ihm trat.

»Hey. Na, wie war's?« Sie war zufrieden mit dem lässigen Klang ihrer Stimme, wandte sich aber sicherheitshalber rasch dem Türschloss zu, als sie die verdächtige Hitze in ihren Wangen wahrnahm. Ungeschickt fummelte sie den Schlüssel aus der Tasche und steckte ihn ins Schloss.

»Wahnsinnig interessant und wahnsinnig schwer zu verdauen.«

Cleo nickte, ohne Tobi anzusehen. »Glaub ich«, sagte sie lahm.

Er stieß hörbar den Atem aus. War er genervt von ihr? Es hätte sie wenig gewundert. Doch zerrissen zwischen ihren Gefühlen und den Verpflichtungen des Jobs schien sie vollkommen verlernt zu haben, wie sie normal mit ihm umgehen sollte. Öffnete sie sich ihm zu sehr, riskierte sie wieder Ärger. War sie schweigsam, zerstörte sie die Vertrautheit, die bereits zwischen ihnen entstanden war und das wollte sie keinesfalls! Sie musste jetzt irgendetwas sagen!

»Bei uns war's auch gut. Die Jungs durften sich als Superhelden verkleiden, das war teilweise ziemlich aufschlussreich, also was sie sich so ausgedacht haben und so. Wenn's dich interessiert, frag am besten mal Aylin, die hat sich nämlich Notizen gemacht, während ich den Kindern Masken geschminkt hab. Ist bestimmt spannend für dich, zu hören, was für Schlüsse sie so aus der Aktion zieht. Also ich hab die Kinder schon auch gefragt, was für Kräfte sie haben und so, aber Aylin kann das mit ihrer Erfahrung natürlich viel besser einordnen und ... ja.« Cleo holte tief Luft.

Na klasse, nun war sie von einfallsloser Schweigsamkeit in hektische Plapperei geraten. Was war nur mit ihr los? So albern benahm sie sich doch sonst nicht.

Tobi sah sie bloß verwirrt an.

Sie räusperte sich und stieß die Tür auf. Vielleicht hielt sie besser wieder die Klappe.

Die Essensvorbereitungen und der Spieleabend zogen sich in die Länge wie Kaugummi. Normalerweise hätte ihr die Gameshow, die sich die Betreuer ausgedacht hatten, Spaß gemacht. Es war alles dabei: ein Quiz, Pantomime, Würfelspiele. Selbst die lustlosen Teenager und die drei erwachsenen Jungs ließen sich allmählich mitreißen. Doch Cleo hatte langsam aber sicher den Eindruck, sie sei überhaupt nicht mehr in der Lage, sich in Tobis Anwesenheit zu entspannen. Also hielt sie sich, so gut es ging, von ihm fern. Gelegentlich spürte sie seine fragenden Blicke auf sich. Doch sie starrte stoisch ins Nichts und hoffte, es würde ihm bald zu dumm werden, sich über ihr Verhalten den Kopf zu zerbrechen.

Endlich war es für die Kinder Zeit, schlafenzugehen. Die Teenies und jungen Erwachsenen sollten sich in ihre Hütten zurückziehen.

Raphael trat zu Cleo. »Bist du so lieb und räumst hier mit Tobi noch eben auf? Aylin und ich bringen die Kids ins Bett. Danach kannst du Feierabend machen. Tobi hab ich schon Bescheid gesagt, der kommt gleich. Ist noch auf Klo oder so.«

»Alles klar.« Cleo erhob sich und blickte sich um. Überall waren Papier und Stifte, Würfel, Karten und Spielchips verteilt. Sie beschloss, zunächst alles auf einem Tisch zu sammeln, um die Sachen dann zu sortieren.

Als Tobi zu ihr trat, schloss er sich ihr schweigend an. Rasch hatten sie das Chaos beseitigt und verließen die Hütte, ohne ein Wort miteinander gesprochen zu haben.

Cleo sperrte ab und murmelte: »Okay, danke. Dann gute Nacht.«

Sie wollte schon loslaufen, als er sie am Handgelenk festhielt. Überrascht sah sie ihm erstmals seit Stunden in die Augen. Sie waren so herrlich hellblau und so bedrückend traurig.

»Cleo, wart mal 'nen Moment.«

Sofort wurde ihr die Kehle eng. »Was ist denn?« Es klang giftiger als beabsichtigt.

Tobi atmete deutlich hörbar aus und senkte den Blick, ließ sie aber nicht los. »Gehen wir ein paar Schritte? Ich möchte mit dir reden.«

Sie schluckte trocken, nickte aber und folgte ihm, als er sich in Bewegung setzte.

Schweigend schlenderten sie nebeneinander her. Es waren nur noch wenige Tage bis Mittsommernacht und so war es trotz später Stunde taghell. Als sie den kleinen See erreichten, ließ Tobi sich auf der Wiese nieder und blickte hinaus aufs Wasser. Cleo zögerte kurz, setze sich dann aber neben ihn.

»Hör zu«, begann er endlich, »ich verlange nicht, dass du mir sagst, was du hast. Es geht mich ja wahrscheinlich nix an. Aber seit heute Morgen benimmst du dich so abweisend mir gegenüber, dass ich einfach wissen muss, ob ich irgendwas getan habe, was dich verärgert hat.« Er drehte den Kopf in ihre Richtung und sah sie direkt an. »Wir werden hier noch fast zwei Wochen eng zusammenarbeiten und ich möchte es einfach geklärt haben, wenn irgendwas ist. Diese komische Stimmung ist doch scheiße, das zieht mich total runter.«

Obwohl er in ruhigem, ja geradezu sanftem Ton mit ihr redete, fühlten sich seine Worte an wie eine Ohrfeige. Während sie sich vor ihm zurückzog und einen einfachen Ausweg suchte, sprach er sie so offen darauf an, dass ihr seltsames Verhalten ihn belastete. Sicher hatte es ihn Mut gekostet, sie damit zu konfrontieren.

»Ich ...« Mehr fiel ihr nicht ein. Was sollte sie schon sagen? Sicher, sie konnte ihm von dem ernsten Gespräch mit Raphael erzählen. Aber das erklärte noch lange nicht ihr abweisendes Verhalten.

Tobi griff nach ihrer Hand. »Ich will dich nicht unter Druck setzen. Sag mir bloß, ob ich was falschgemacht habe.«

Sie schüttelte den Kopf.

Doch er ließ nicht locker. »Bedrückt dich etwas? Kann ich dir helfen?«

Wieder verneinte sie stumm.

Er legte ihre Hand zurück in ihren Schoß und blickte auf den See. Seine Miene war von Frust geprägt.

Besorgt sah Cleo ihn von der Seite an. Weshalb setzte ihm ihr Verhalten so sehr zu? Verdammt, das wollte sie doch auch nicht. Er musste sich schließlich auf sein Praktikum konzentrieren. Ächzend rieb sie sich über die Schläfe. Egal was sie tat, es war verkehrt!

»Es tut mir leid«, brach es aus ihr heraus. »Nein, du hast nichts falschgemacht. Es hat nix mit dir zu tun.« Ein dicker Kloß nahm ihr die Luft und ihr Atem beschleunigte sich sprunghaft.

Sofort legte er beruhigend eine Hand auf ihre Schulter. »Hey ... ganz ruhig. Was ist los?«

Seine Berührung, seine Stimme, sein einfühlsamer Blick - sie waren wie Balsam. Oh, bestimmt würde er einen fantastischen Sozialarbeiter abgeben! Ohne ein weiteres Wort schaffte er es, dass sie sich ihm anvertrauen wollte.

»Das ist so peinlich!«, brachte sie unter einem verzweifelten Lachen hervor.

»Ach, Quatsch.« Er grinste sie an, dann ließ er sich nach hinten ins Gras fallen. Er lag auf dem Rücken, blickte in den Himmel und flüsterte: »Leg dich neben mich. Dann musst du mich nicht ansehen, wenn du mir sagst, was los ist. Erzähl es einfach den Wolken.«

Wie ferngesteuert tat sie, was er sagte. Sie beobachtete, wie vereinzelte, fluffige Wölkchen über ihr vorbeizogen und vergaß für den Bruchteil einer Sekunde die Sorgen ihrer verzwickten Lage. Neben sich nahm sie Tobis gleichmäßigen Atem wahr und es kam ihr vor, als würde seine stumme Anwesenheit sie erden.

»Es ist wegen gestern«, begann sie schließlich im Flüsterton. »Als Rapha uns in der Küche überrascht hat. Er hat mich später angesprochen und deutlich gemacht, dass er keine Affären im Camp wünscht.«

»Mist. Ich hatte gehofft, er hätte nix bemerkt.« Er sprach mit ruhiger, fast träger Stimme, so als wolle er sie auf keinen Fall durch irgendwelche Emotionen aus der Bahn bringen.

»Hat er aber«, seufzte sie. »Und er hat ja auch völlig recht. Das hier ist eine Chance für dich und die solltest du nutzen, ohne dass dich irgendwer ablenkt.«

Er stimmte nur mit einem leisen Brummen zu.

Cleo atmete tief durch. Nun war es an der Zeit, Farbe zu bekennen. Die Ruhe, die sie soeben noch umhüllt hatte, war angesichts des bevorstehenden Geständnisses dahin. »Das Problem ist ...« Sie starrte weiter in den Himmel. Ihr Herz sprang fast aus ihrer Kehle, doch sie wollte ehrlich sein. Das hatte er verdient! »Das Problem ist, dass es mir grade sehr schwerfällt, mich zu benehmen, als wäre nichts, weil ... Also ... Hör zu, du musst nix darauf erwidern, okay? Aber dann weißt du wenigstens, warum ich so bescheuert bin.« Sie nahm ein paar tiefe Atemzüge, dann flüsterte sie kaum hörbar: »Tobi, ich hab mich in dich verliebt.«

Ruckartig schnellte sein Oberkörper hoch und sein überraschtes Gesicht tauchte über ihr am Himmel auf. »Ernsthaft?«, fragte er mit bebender Stimme.

Cleo nickte stumm. Ihre Wangen mussten knallrot angelaufen sein. Oh, hätte die Erde sie doch einfach verschluckt!

Stattdessen zog Tobi sie hoch, sodass sie sich wieder gegenübersaßen. Er sagte nichts, aber in seinem Blick erkannte sie dasselbe emotionale Durcheinander, das auch in ihr tobte.

Endlich schienen sich seine Gedanken zu ordnen und er raunte: »Das trifft sich aber eigentlich ganz gut. Ich hab mich nämlich auch in dich verliebt.«

Cleo war, als hätte sie an einen Elektrozaun gefasst. Ihre Gedanken, ihr Körper, ihre Seele – alles geriet in Aufruhr.

Erst Tobis zärtlicher Blick ließ sie wieder in dem weichen Moos landen, auf dem sie saßen. Er streckte seine Hand aus und strich sanft über ihre Wange. Eine Berührung, so intensiv, dass Cleo alles um sich herum vergaß. Das Camp, der Job, ihre Vorsätze – alles war verpufft wie ein Wassertropfen in der Glut. Da war nur noch er.

Ohne den Blick von ihm zu nehmen rutschte sie näher. Sofort tat er es ihr gleich. Sie schloss die Augen und nur Sekunden später berührten seine Lippen die ihren. Sie waren so unglaublich weich, dass sie glaubte, in eine Wolke einzutauchen! Vorsichtig saugte er an ihrer Unterlippe, während seine Hände über ihren Rücken wanderten und sie noch dichter zogen. Zärtlichkeit und Wärme umfingen jeden Zentimeter ihres Körpers.

Cleo vergrub ihre Finger in Tobis Haar und schmiegte sich an ihn. Alles schien stillzustehen. Nur ihre Herzen klopften heftig um die Wette. Als seine Zungenspitze neckend gegen ihre Lippe stupste, gewährte sie ihm bereitwillig Einlass und ein liebevolles Spiel begann, das sie davon trug. Höher und höher, bis in den Himmel. Ein genüssliches Brummen ließ seinen Brustkorb vibrieren und hallte kribbelnd in Cleos Magen wieder.

Tobi sog scharf die Luft ein, als sie sich enger an ihn presste und den Kuss noch weiter vertiefte. Ihre Stimmung hatte sich verändert. Die vorsichtigen, liebevollen Berührungen wurden von einer drängenden Leidenschaft erfüllt, die ihn sofort mitriss. Aus dem sanften Schweben wurde der wilde Strudel eines Orkans, der schneller und schneller wirbelte.

Gemeinsam sanken sie ins Gras, umschlangen sich mit Armen und Beinen und küssten sich unter wohligen Seufzern. Cleos Hände schoben sich unter sein Shirt, streichelten über seinen Bauch und die Brust. Ihre zarten Finger fühlten sich phänomenal auf seiner glühenden Haut an.

Langsam ließ er seine Lippen über ihre Wange bis zum Ohr wandern, wo sie sich einen Weg über ihren Hals suchten. Die Haut dort war herrlich weich und ein zarter, fruchtiger Duft stieg ihm betörend in die Nase. Ohne seine Küsse zu unterbrechen, schob er ihr Top nach oben. Wie zufällig strich er dabei über ihre von feiner Seide verhüllte Brust. Als er mit dem Daumen durch den Stoff hindurch ihre Brustwarze umkreiste, wölbte sich ihm Cleos ganzer Körper entgegen. Das leise, genüssliche Stöhnen war das erregendste Geräusch, das er sich vorstellen konnte. Diese Frau war der Wahnsinn!

Aus dem feinen Kribbeln in seinem Unterleib war längst ein verlangendes Pochen geworden und Cleo gab ihm deutlich zu verstehen, dass es ihr nicht anders erging. Es war, als hätten sie schon seit Jahren auf diesen Moment gewartet und würden in Begehren ertrinken, wenn sie nicht auf der Stelle ineinander Erlösung fanden.

»Na, wen haben wir denn da?« Die Stimme, die sie wie ein Schuss zusammenfahren ließ, klang selbstgefällig.

Tobi riss den Kopf herum und entdeckte Sandro, der nur wenige Meter von ihnen entfernt an einem Baum lehnte.

»Scheiße!«, fluchte Cleo leise. Im Augenwinkel nahm Tobi wahr, wie sie hektisch ihr Oberteil wieder über den Körper zog.

»Wegen mir brauchste dich jetzt aber nicht anziehen.« Sandro grinste anzüglich.

Sofort sprang Tobi auf und stiefelte auf den ehemaligen Bettnachbarn zu. »Lass sie ihn Ruhe«, zischte er wütend.

Sandros Blick fiel auf Tobis Jeans, die trotz des Schrecks noch verräterisch ausgebeult war. »Respekt, Alter.« Er lachte amüsiert. »Hab ich dir die Tour versaut? Tut mir leid. Aber sag mal, wissen die anderen Betreuer eigentlich, was da bei euch läuft?«

Sandros überhebliche Tonlage machte Tobi so wütend, dass er ihm am liebsten eine reingehauen hätte. »Halt bloß die Klappe«, knurrte er und wusste im selben Augenblick, dass das ein Fehler gewesen war. Mit seinem indirekten Geständnis, dass das, was hier passiert war, nicht zum Team vordringen sollte, gab er Sandro alle Karten in die Hand.

»Tja, Mister Ich-wechsle-einfach-die-Seiten. Jetzt haben wir wohl eine Pattsituation.«

Tobi runzelte die Stirn. »Wieso?« Ein wenig war er überrascht, dass sein Gegenüber dieses Wort überhaupt kannte.

»Jetzt haben wir *beide* einen Grund, die Klappe zu halten«, raunte Sandro. »Ich behalte das hier für mich und kann dafür sicher sein, dass du nicht über ... den Inhalt meines Gepäcks redest.«

»Mann, ich hab doch gesagt, ich verrate keinem, dass du mit *Mary-Jane* angereist bist«, gab Tobi genervt zurück. Allmählich ging ihm sein Misstrauen auf den Zeiger.

Sandro zuckte mit den Schultern. »Und jetzt glaub ich's dir auch.« Er blickte auffällig zu Cleo hinüber. »Viel Spaß noch, ihr Turteltäubchen.« Damit drehte er sich um und stapfte in Richtung Camp davon.

Sofort stürzte Tobi zu Cleo, die wie ein Häufchen Elend auf der Erde saß.

»Oh nein, das gibt Ärger«, hauchte sie.

Er zog sie in seine Arme. »Nein, alles gut. Er hält den Mund.«

»Warum sollte er?« Sie schnaubte. »Oh Mann, grade haben wir noch drüber gesprochen, dass wir das nicht dürfen und dann ...«

Tobi presste die Lippen aufeinander. Bereute sie es wirklich oder hatte sie nur Sorge wegen Raphael? Er wog ab, ob er ihr von dem Deal mit Sandro erzählen sollte. Auf der einen Seite wusste er genau, dass solche Mauscheleien allem widersprachen, was Rapha ihm heute beigebracht hatte. Auf der anderen Seite waren das ja sozusagen noch Altlasten aus seinem früheren Leben.

Er musste sie jetzt einfach beruhigen. »Ich hab dir doch gestern gesagt, dass die Jungs in der Hütte gekifft haben.«

»Ja, stimmt.«

Rasch blickte Tobi sich um und senkte weiter die Stimme. »Sandro hat nen ganzen Monatsvorrat dabei und jetzt, wo ich ausgezogen bin, hat er Schiss, dass ich ihn verrate. Ich weiß, das ist nicht richtig, aber wenn wir schweigen, schweigt er auch. Bist du dabei?«

Er konnte förmlich in ihren Augen sehen, wie die verschiedenen Optionen durch ihre Gedanken ratterten. Sie nickte langsam. »Wir sind für die Kindergruppe zuständig, nicht für die Erwachsenen«, bemühte sie sich um eine Rechtfertigung, »und Sandro ist alt genug, um selbst zu entscheiden, ob er diese Chance hier nutzt oder nicht. Klar, es wäre besser, er würde die Anderen nicht in Versuchung bringen. Aber die haben sie daheim in Berlin ja auch. Außerdem sind sie ebenfalls alt genug. Und hier geht's sowieso nicht darum, vom Gras wegzukommen, sondern eine neue Richtung für die Zukunft zu finden.« Sie schnappte nach Luft und lachte leise über ihren eigenen Redeschwall. »Oh Mann, was für eine Scheißsituation!«

»Das kannste wohl laut sagen. Ich fände es auch besser, jemand würde ihm seine Vorräte wegnehmen. Aber ehrlich gesagt ist es mir lieber, dieses eine Mal noch nicht ganz korrekt zu handeln, als dass er uns alles versaut.« Ein kurzes Lächeln huschte über seine Lippen. Das Wort uns fühlte sich gut an!

»Ja.« Cleo streckte ihm die Hand hin. »Partners in Crime?«

Er lachte und schlug ein. Kaum berührten sich ihre Hände, blieb erneut die Zeit stehen. »Und was machen wir jetzt? Ich meine ...« Er schluckte schwer. Er sprach seine Gedanken ungern aus, doch es musste sein. »Im Prinzip sind wir nun im gleichen Team, aber ich habe so einen Verdacht, dass Rapha und die anderen es trotzdem nicht gerne sehen, wenn wir hier im Camp etwas miteinander anfangen.«

»Ich fürchte, damit hast du recht.« Ihre zweite Hand suchte nun ebenfalls nach seiner Nähe. »Und so gerne ich jetzt sofort mit dir in den Sonnenuntergang davon reiten würde, ist es doch wichtiger, dass du diese Gelegenheit hier wahrnimmst und dich voll auf das Praktikum konzentrierst.«

»Es sind nur noch zwölf Tage«, bemühte sich Tobi, die Sache locker zu sehen. »Die gehen doch schnell rum.«

Sie lächelte bittersüß. »Wahrscheinlich werden es die längsten zwölf Tage meines Lebens. Aber vielleicht hat es ja auch was Romantisches, aufeinander warten zu müssen.«

Tobi ächzte leise. »Mein Verständnis von Romantik wäre zwar eher, dich hier und jetzt auf Rosen zu betten und jeden Millimeter deines bezaubernden Körpers mit Küssen zu bedecken ...« Er schloss kurz die Augen und gab sich der Fantasie hin. Doch bevor sein Leib wieder in allzu große Aufregung geraten konnte, räusperte er sich und fuhr fort: »Aber wie sagt man so schön? Geduld ist eine Tugend.«

»... die sich lohnen wird«, ergänzte Cleo und lächelte ihn zärtlich an.

»Dann sollten wir jetzt zurückgehen.« Er wollte sich erheben, doch sie ließ seine Hand nicht los.

»Ein letzter Kuss?«

Einen Moment lang rang er mit sich, doch dann schüttelte er bedauernd den Kopf. »Wenn ich dich jetzt küsse, kann ich für nichts garantieren.«

Sie seufzte tief. »Du hast recht.« Noch einmal drückte sie kurz seine Hand, dann löste sie sich von ihm, stand auf und wischte sich ein paar Moosfäden von der Hose.

Schweigend schlenderten sie zurück ins Camp. Ein unsichtbares Band spann eine Verbindung zwischen ihnen, die keiner Worte bedurfte.

Vor den Hütten angekommen, schenkte Cleo ihm ein liebevolles Lächeln. »Dann gute Nacht, Herr Kollege. Wir sehen uns morgen zur Schicht.«

Tobi widerstand dem Drang, sie an sich zu ziehen, und erwiderte leise: »Träum was Schönes.«

Kapitel 6

Zeit war eine seltsame Sache, fand Tobi. Wenn er an Cleo dachte und daran, ihr daheim in Berlin endlich näherkommen zu dürfen, war ihm, als hätte jemand auf die Slow Motion Taste gedrückt und der Tag ihrer Heimfahrt wolle gar nicht mehr kommen. Gleichzeitig schienen die zwei Wochen seines Praktikums nur so dahinzufliegen. Es waren ereignisreiche Tage, die mit all ihren neuen Eindrücken einfach an ihm vorbeirauschten.

Während des gesamten Aufenthalts nahm Raphael ihn gewissenhaft unter seine Fittiche, erklärte ihm genau, was er tat und warum. Tobi war Feuer und Flamme. Die Arbeit mit den Kids erfüllte ihn, wie er es sich kaum hätte vorstellen können.

Wenn er mit Cleo gemeinsam aufräumte, kochte oder den Abwasch machte, sprachen sie oft darüber und bald kam es ihm völlig natürlich vor, dass sie stets genau wusste, was er dachte und fühlte.

Schließlich war der letzte Tag angebrochen. Mittsommernacht.

»So, Tobi – Zeit, ein Resümee zu ziehen«, verkündete Raphael fast schon feierlich. Er hatte ihn gebeten, nach dem Frühstück zu ihm zu kommen. Nun saßen sie sich an Raphaels provisorischem Schreibtisch gegenüber. »Wie hat dir das Praktikum gefallen?«

»Es war genial!« Tobi strahlte ihn begeistert an. »Dir und den anderen zuzusehen, hat mich total fasziniert und dass ich mich so viel mit einbringen durfte, war echt cool.«

»Nun, wir haben schnell gemerkt, dass du gute Antennen für die Kinder hast. Natürlich musst du noch eine Menge lernen, gerade wenn man bedenkt, dass wir auf diesem Trip hier keine wirklich harten Fälle dabei haben. Aber auch das traue ich dir zu, wenn du dich fleißig dahinterklemmst.«

»Danke!« Raphaels Lob und der Glaube an seine Fähigkeiten taten Tobi unendlich gut. Schon während der zurückliegenden Tage hatte der Betreuer nicht mit Ermutigungen gespart. Was er ihm im Umgang mit den Kindern gepredigt hatte – selbst kleinste Fortschritte positiv hervorzuheben und Mut zu machen – lebte er auch in der Beziehung zu seinen Mitarbeitern.

»Ich denke, wenn wir morgen wieder zurück in Berlin sind, solltest du dir ein paar Tage Zeit nehmen, um Abstand zu allem hier zu gewinnen. Manchmal bringt einen eine solche Ausnahmesituation in ein Hoch, das nicht dafür geeignet ist, wichtige Entscheidungen zu treffen.« Raphael blickte nachdenklich aus dem Fenster, als ließe er gerade sein eigenes Leben in Gedanken Revue passieren. Schließlich sah er Tobi wieder in die Augen. »Für kein Geld der Welt würde ich einen anderen Job machen wollen. Das hier erfüllt mich zutiefst. Aber dieser Beruf hat eben auch seine Schattenseiten, dessen musst du dir bewusst sein. Es ist oft nicht leicht, ins Privatleben zurückzukehren, ohne dass die Arbeit dich gedanklich verfolgt. Das ist eben die gute und zugleich die schwierige Seite – wir sind ganz nah dran an den Menschen! Und das lässt sich eben nicht immer so einfach abschütteln.«

Tobi nickte. »Das kann ich mir gut vorstellen.« Er dachte an den kleinen Lukas, mit dem er oft über dessen familiäre Situation gesprochen hatte. Zu erleben, wie weh es dem Jungen tat, dass er sich neben dem neugeborenen Baby und der neuen Partnerin seines Vaters überflüssig und ungewollt fühlte, schmerzte Tobi selbst. Er hatte versucht, Lukas zu erklären, dass ein kleines Kind eben sehr viel Aufmerksamkeit einforderte, doch er konnte aus der Ferne nichts daran ändern, dass der Vater vor lauter neuem Familienglück vergaß, auch seinem Ältesten gerecht zu werden. Dass das Baby im Gegensatz zu Lukas seine richtige Mutter um sich hatte, schienen die Eltern nicht als Problem wahrzunehmen. Rapha und sein Team würden zurück in Deutschland nach einer Möglichkeit suchen müssen, die ganze Familie in ihre Arbeit einzubeziehen.

»Wie gehst du denn damit um, wenn dich die Geschichten belasten?«, fragte Tobi nachdenklich.

»Es ist ein Balance-Akt, die Schicksale nicht zu nah an sich heranzulassen und dennoch nicht zu distanziert zu sein. Mir ist meine Familie da eine große Stütze. Das ist übrigens der nächste Punkt: Es kann vorkommen, dass du längere Zeit von zuhause weg bist. Nicht nur, wenn du solche Camps wie dieses hier begleitest, sondern auch, wenn du zum Beispiel für mehrtägige Schichten vor Ort eingesetzt bist. Je nachdem, was für eine Stelle du eben konkret hast. Meine Frau und meine kleine Tochter müssen oft zurückstecken.« Sein Blick wanderte zu dem gerahmten Foto, das er auf seinem Schreibtisch-auf-Zeit aufgestellt hatte. Er lächelte den beiden Gesichtern auf dem Bild zu. »Aber sie wissen, wie wichtig das hier für mich ist und stehen hinter mir. Das ist nicht selbstverständlich.«

»Ich glaube, es ist bei all den Opfern, die man bringen muss, wichtig, seine Arbeit aus Überzeugung und Leidenschaft zu machen«, philosophierte Tobi.

»Absolut. Und das Feuer, aber auch die Stärke, die man dafür braucht, sehe ich bei dir durchaus. Trotzdem: Lass die Ereignisse in Ruhe auf dich wirken. Wenn du möchtest, treffen wir uns in zwei Wochen noch einmal und sprechen über alle Fragen und Gedanken, die dir durch den Kopf gehen.«

»Das wäre toll! Ich kann dir echt gar nicht genug danken für alles, was du für mich tust.« Tobi wurde vor lauter Dankbarkeit ganz rührselig.

»Ach, ist bloß mein Job.« Raphael winkte mit gespielter Gleichgültigkeit ab, brach dann aber in ein schallendes Lachen aus. »Nein, es freut mich wirklich, dass sich die Reise für dich gelohnt hat.« Er legte den Kopf schief und schmunzelte. »In mehrfacher Hinsicht, möchte ich meinen.«

»Wieso?«

»Du und Cleo ... Kann es sein, dass es bei euch ziemlich gefunkt hat?«

Die Antwort konnte Tobi sich sparen. Seine glühend heißen Ohren waren Bestätigung genug. Stattdessen sagte er eilig: »Wir haben nix gemacht! Sie meinte, das sei hier nicht erwünscht.«

»Schon gut.« Raphael hob beruhigend die Hände. »Es stimmt. Ich habe ihr mitgeteilt, dass wir so etwas im Camp nicht gutheißen. Hier geht es schließlich um andere Dinge. Aber ich muss gestehen, dass ihr euch tatsächlich so zurückgehalten habt, hat mich beeindruckt. Das zeugt von Charakterstärke und davon, wie ernst du dein Praktikum genommen hast.« Er setzte einen imaginären Hut ab und wieder auf. »Chapeau. Das ist dir sicher nicht leichtgefallen.«

Tobi ächzte. »Das kannste aber laut sagen. So eng mit ihr zusammenzuarbeiten, ohne ihr näherkommen zu dürfen, war wohl das Härteste, was ich je durchstehen musste!« Er erinnerte sich an all die Momente, in denen sie in der Küche allein gewesen waren und sie so leicht alle Vorsätze hätten über Bord werfen können. Wie oft hatten sie sich sehnsüchtig angesehen und einander mit ihren Blicken gesagt, dass sie beide dasselbe wollten!

Im stummen Einvernehmen hatten sie jedoch nicht mehr über ihre unterdrückten Gefühle gesprochen. Bis auf ein einziges Mal. Tobi erinnerte sich, wie sie sich beim Aufräumen des Speiseraums eingepfercht zwischen zwei Tischen im Weg gestanden hatten. Als Tobi dabei versehentlich in Cleo hineinlief, berührten sie sich für wenige Sekunden mit der vollen Länge ihrer Körper. Spürten die Wärme des anderen und die Hitze, die augenblicklich im eigenen Leib aufstieg. Cleo schmiegte sich an ihn und es kostete Tobi alle Kraft, einen Schritt zurückzutreten. Er sah ihr deutlich an, wie gerne sie ihn wieder an sich gezogen hätte.

»Vier Tage«, sagte er heiser und setzte damit die kurz ins Wanken geratene Grenze neu. Jeden Morgen zählte er nach, wie lange es noch dauerte, bis Cleo und er endlich zueinanderfinden durften.

Ihr Blick spiegelte gleichermaßen Enttäuschung und Bewunderung wider. »Phu ... Ich wäre jetzt eingeknickt.« Sie lachte freudlos. »Auch wenn's grade ziemlich nervt, deine Willensstärke ist echt beeindruckend.«

Von diesem Vorfall abgesehen versuchten sie, sich auf das Camp zu konzentrieren. Außerhalb der Schicht führten sie endlose Gespräche und Tobi stellte fest, wie wundervoll es war, sie zunächst auf freundschaftlicher Ebene so gut kennenzulernen. Er war sich sicher, noch nie eine Frau so tief gehend verstanden zu haben. Wie sie tickte, was sie liebte, was sie hasste, wovon sie träumte. Dennoch freute er sich unbändig auf zuhause.

»Ich habe an euren Blicken bemerkt, wie hart das für euch war«, holte Raphael ihn aus seinen Gedanken. »Dass du trotzdem das Praktikum vorne angestellt hast, bestätigt mir, dass du die Zuverlässigkeit und das Pflichtbewusstsein hast, die du für diesen Job brauchst. Daher jetzt noch einmal ganz offiziell: Solltest du ernsthaft ein duales Studium in Sozialer Arbeit in Erwägung ziehen, würden wir uns freuen, wenn du den praktischen Teil in unserem Haus absolvierst.«

Tobis Mund klappte auf und er brauchte zwei Anläufe, bis er einen Ton herausbrachte. »Ernsthaft? Ist das ein Angebot für meine Ausbildung?«

»Wie gesagt, lass dir erst alles nochmals durch den Kopf gehen, sieh dir den Verlauf des Studiums in Ruhe an und ob es vielleicht andere Einrichtungen gibt, die dich mehr reizen. Und wenn wir uns in zwei Wochen treffen, sagst du mir Bescheid.«

»Danke! Das ist der Hammer!« Tobis Herz schlug vor Freude so wild, dass er Mühe hatte, still sitzen zu bleiben. Da Raphael sich in diesem Moment erhob, war das auch gar nicht mehr nötig.

»So, und nun will ich dich endlich erlösen.« Er zwinkerte ihm zu. »Heute Abend ist die große Abschlussfeier am See. Wenn ihr das Abendessen vorbereitet habt, ist dein Praktikum offiziell beendet. Cleo und du, ihr habt meinen Segen.«

»Wie jetzt?«

»Es ist Mittsommernacht. Die soll doch besonders magisch sein. Schnapp sie dir. Und jetzt ab an die Arbeit.« Damit scheuchte er Tobi lachend aus dem Zimmer.

♥

Der Rest des Tages verging wie im Flug. Wehmut erfasste Tobi, als Cleo und er ein letztes Mal gemeinsam in der Küche standen. Es würde eine große Feier am Ufer des Sees geben und alle waren in aufgeregter Vorfreude. Es war erstaunlich, was für eine Wandlung einige der Jungs hier durchlaufen hatten. Wo zu Beginn oft ein rauer Umgangston geherrscht hatte, wurde nun meistens friedlich zusammengearbeitet.

Cleo hatte er noch nichts von seinem Gespräch mit Raphael verraten. Die Idee, sie abends am See mit romantischen Zärtlichkeiten zu überraschen, gefiel ihm einfach zu gut.

»So, ich geh mich mal umziehen«, verkündete sie, als alles erledigt war und huschte aus der Küche.

Auch Tobi begab sich in die Betreuerhütte, um sich für den Abend frisch zu machen. Er zog sich ein sauberes Shirt an, kämmte sich und legte seinen Lieblingsduft auf. Kurz überlegte er, ob er sich rasieren sollte, doch dann fiel ihm ein, dass Cleo ihm einmal verraten hatte, wie sehr sie auf Dreitagebärte stand.

Als er die Hütte verließ, kam er sich vor wie der Held in einem Teeniefilm, der sein Date für den Abschlussball abholte. Nur, dass sein Date keine Ahnung hatte!

Er setzte sich auf die Holzbank abseits der Hütten, die längst zu einem seiner Lieblingsplätze hier geworden war, und wartete auf Cleo.

Als sich endlich die Tür ihrer Hütte öffnete, verschlug es ihm den Atem. Sie trug ein luftiges, fliederfarbenes Kleid, das ihren Körper geradezu feenhaft erscheinen ließ. Obwohl der Ausschnitt nicht allzu tief war, zauberte der Schnitt des Kleides ein betörendes Dekolleté. Ihre Dreadlocks hatte sie in zahllosen Knoten zu einer Hochsteckfrisur geknüpft, aus der einzelne Strähnen lose heraushingen. Das Kunstwerk wurde von kleinen, gelben Blüten verziert, die überall in ihrem Haar steckten.

Erst, als sie ihn auf der Bank entdeckte und ihm zuwinkte, erwachte Tobi aus seiner Begeisterungsstarre. Rasch sprang er auf und ging zu ihr. Er wollte ihr sagen, wie wunderschön sie aussah, doch er brachte keinen Ton heraus.

Vergnügt bemerkte Cleo, dass sie Tobi mit ihrem Auftritt ordentlich aus der Fassung gebracht hatte. Jetzt, wo nur noch ein Abend und eine Busfahrt sie davon trennten, ihren Gefühlen endlich freien Lauf zu lassen, hatte sie Lust bekommen, sich für ihn hübsch zu machen.

In einer perfekten Pirouette drehte sie sich vor ihm. »Na, wie seh ich aus?«

Tobi schien sich wieder gefangen zu haben. Geschickt hielt er sie mit beiden Händen an der Taille fest und antwortete mit einem liebevollen Schmunzeln: »Wie ein Cupcake.«

»Was?« Cleo lachte auf. »Ein Cupcake?«

Er nickte ernst und musterte sie von oben bis unten. Mit einem Finger fuhr er über ihre raffinierte Frisur. »Genau wie ein Cupcake. Kreativ verziert und zuckersüß. Einfach zum Anbeißen.«

Seine Worte trafen wie Amors sprichwörtlicher Pfeil direkt in ihr Herz. »Das ist das Liebenswerteste, das mir je jemand gesagt hat«, hauchte sie.

»Du bist das Liebenswerteste, das ich je kennengelernt habe.«

Für einen kurzen Moment hatte sie vor lauter Glück vergessen, dass sie mitten auf dem Platz standen und jeder sie sehen konnte. Doch nun ließ die Erkenntnis sie erschrocken zurückweichen. »Ein Tag«, seufzte sie bedauernd.

Tobi grinste von einem Ohr zum anderen.

»Was hast du?«, fragte sie irritiert.

»Nix. Lass uns zum Abendessen gehen.« Wie ein perfekter Gentleman bot er ihr den Arm an. Kurz zögerte sie, beschloss dann aber, dass da nichts dabei war, und hakte sich bei ihm unter.

An seinem Arm zum See hinunter zu spazieren war mehr Nähe, als sie sich all die Tage zuvor zugestanden hatten und Cleo genoss es, ihn so dicht an sich zu spüren. Er duftete nach dem herrlich maskulinen Eau-de-Parfum, das sie schon einige Male an ihm bemerkt hatte. Sofort hüpften ihre Hormone aufgeregt durcheinander.

Erst, als sie den Grillplatz schon fast erreicht hatten, löste sie sich schweren Herzens von ihm. »Na, dann wollen wir mal Mittsommernacht feiern«, sagte sie leichthin, um sich abzulenken.

Tobi sah sie von der Seite an. »Eine magische Nacht.« Er lächelte zärtlich, schien seine Gedanken dann aber beiseitezuschieben. Stattdessen wies er mit dem Kopf auf Cleos Frisur. »Die sind echt cool! Glaubst du, so was würde mir auch stehen?«

Überrascht zog sie die Augenbrauen hoch. »Dreads? Ja, klar!« Sie griff in sein fast kinnlanges Haar und zwirbelte es zu einer dicken Strähne. »Ich würde sie an deiner Stelle noch ein bisschen wachsen lassen. Oder du lässt sie dir hinterher verlängern. Aber wenn du mich fragst, bist du auf jeden Fall der Typ dafür.«

»Na, wer weiß.« Er griff nach ihrer Hand, hauchte einen Kuss auf ihre Fingerspitzen und murmelte: »Jetzt hoffe ich erst einmal, ich bin der Typ für dich.«

Cleo schluckte. »Definitiv.«

Das Geschrei einiger Kids, die an ihnen vorbeistürmten, brachte sie ins Hier und Jetzt zurück. Wortlos setzten sie ihren Weg fort.

Die Betreuer hatten bereits ein eindrucksvolles Feuer zum Lodern gebracht, Geschirr und die Salate sowie jede Menge Decken und Sitzkissen hergetragen. Etwas abseits lagen Isomatten und Schlafsäcke. René stand am Grill und bestückte ihn mit Fleisch und Gemüse.

Tobi ging voran an einen der weiter abgelegenen Picknicktische, wo er sich hinsetzte und Cleo einfach auf seinen Schoß zog.

»Tobi«, zischte sie erschrocken und wollte wieder aufspringen.

Doch er hatte seine Arme fest um ihre Mitte geschlungen, schmiegte sich von hinten an sie und machte keine Anstalten, sie loszulassen. Stattdessen brachte er seine Lippen dicht an ihr Ohr und raunte: »Ich muss dir noch was erzählen.«

Sie wandte ihren Kopf, soweit sie konnte, zu ihm um. »Was denn?«

»Eigentlich wollte ich bis nach dem Essen warten, aber nun halt ich's nicht mehr aus.«

»Jetzt sag schon!« Sie versuchte, ihren Oberkörper zu ihm zu drehen, um ihn besser ansehen zu können, doch seine Arme lagen so fest um ihren Körper, dass es ihr kaum gelang.

»Rapha hat mich auf uns angesprochen.«

Erschrocken schnappte Cleo nach Luft. »Was hat er gesagt?« Gab es nun doch noch Ärger? Aber es war ja nichts passiert!

Anstatt auf ihre besorgte Frage einzugehen, kuschelte er sein Gesicht an ihren Rücken.

»Tobi!« Sie sah sich nervös um.

Er lachte leise. »Schon gut. Rapha hat mitbekommen, dass da was in der Luft liegt.« Er drückte ein Küsschen auf ihre Schulter. »Er war sehr beeindruckt, dass wir uns so zurückgehalten haben. Weil ihm unsere Disziplin gefallen hat und weil er generell wohl ganz zufrieden mit mir war, hat er mir einen Platz für den praktischen Teil des Studiums angeboten.«

Cleo riss begeistert die Augen auf und verrenkte neuerlich den Hals, um ihm in die Augen zu blicken. »Ey, das ist ja toll! Und, nimmst du an?«

»Er hat mich gebeten, zuhause erst einmal alles sacken zu lassen und darüber nachzudenken. Aber ich kann es mir schon sehr, sehr gut vorstellen.«

Cleo wollte ihm sagen, wie sehr sie sich für ihn freute, doch er ließ sie nicht zu Wort kommen.

»Aber das ist noch nicht alles!«

»Was denn noch?«

»Mein Praktikum ist jetzt offiziell beendet.« Er zog eine Spur federleichter Küsse von Cleos Nacken bis zu ihrem Ohr, die einen prickelnden Schauer über ihren Rücken jagten. Tobis Zunge huschte über ihre Ohrmuschel, dann raunte er: »Deshalb hat Rapha uns seinen Segen gegeben.«

»Was? Wie ... echt?« Wieder versuchte Cleo, sich in seiner Umarmung zu drehen. Endlich lockerte er seinen Griff. »Du meinst ..?«

Anstatt einer Antwort umfasste er ihren Nacken und zog sie zu einem Kuss heran, der sie von jeder Anspannung erlöste. Mit seinen sanften Lippen radierte er all die Tage des Wartens einfach aus.

Cleo hatte sich immer wieder gefragt, ob es seltsam sein würde, sich nicht mehr voneinander fernhalten zu müssen. Ob es sich wieder gleich anfühlen würde oder ob der Zauber nur im Verbotenen gelegen hatte. Doch all diese Sorge verpuffte augenblicklich, als ihre Zungen sich zärtlich umschlangen. Die Welt um sie herum löste sich einfach in ihre Moleküle auf und schwebte lautlos mit ihnen davon.

Liebevoll ließ Cleo ihre Hände über seine Arme, seinen Rücken, seine Brust gleiten, vergrub sie in seinem Haar und schmiegte sich dabei eng an ihn. Als ihr Puls sich allmählich beschleunigte und die Zärtlichkeiten, die sie austauschten, drängender wurden, besann sie sich. Sanft löste sie sich von ihm und flüsterte: »Wir sollten es dennoch nicht übertreiben.«

Tobi stahl sich einen weiteren Kuss von ihren Lippen und seufzte: »Nein, sollten wir nicht.« Er atmete tief durch, als müsse er erst wieder in die Realität zurückfinden.

Zart strich Cleo mit dem Daumen über seinen Dreitagebart. Das leise Kratzen hallte kribbelnd in ihrem Unterleib wider. »Willst du was essen gehen?«

»Alles, worauf ich Appetit habe, bist du, mein Cupcake.« Er lächelte liebevoll. »Aber ein Happen vom Grill wäre auch nicht schlecht.«

Sie wollte sich erheben, doch er hielt sie zurück.

»Warte.«

»Was ist denn?«

Er grinste frech. »Du müsstest bitte noch 'nen Augenblick sitzen bleiben.«

Sie sah ihn fragend an.

Vorsichtig schob er sie ein wenig auf seinem Schoß hin und her und hob ihr seine Lenden entgegen, bis sie deutlich spürte, was er meinte.

»Verdammt«, seufzte sie und ließ sich dazu hinreißen, sich ihm mit unauffälligem Druck entgegenzudrängen. »Das ist echt heiß.«

»Süße, du machst es nicht gerade besser«, stellte er mit einem verzweifelten Lachen fest.

Cleo kicherte amüsierte, rutschte dann aber von ihm weg auf seine Knie.

Kurz zuckte sie zusammen, als unerwartet einsetzende Bass- und Gitarrenklänge aus Richtung des Lagerfeuers zu ihnen herüberdrangen. René hielt eine tragbare Lautsprecherbox in den Händen und suchte offenbar einen Platz, wo er sie sicher aufstellen konnte.

Tobis Bein unter ihr zuckte im Rhythmus des alten Kiss-Songs und als der Refrain einsetzte, sang er leise in Cleos Ohr. *I was made for loving you.* »Genauso kommt es mir vor«, flüsterte er mit verträumtem Blick. »Als wäre ich nur für dich gemacht.«

Wieder wollte Cleos Herz einfach dahinschmelzen. Wo nahm er bloß immer wieder diese süßen Worte her?

»Und ich für dich«, hauchte sie, umfasste zärtlich seinen Nacken und küsste ihn sanft.

Erst, als das Lied verklang, lösten sie sich voneinander.

Cleos Blick wanderte erneut zum Lagerfeuer. »Wir werden beobachtet.« Raphael stand am Grill und sah freundlich zu ihnen hinüber. Dankbar lächelte sie zurück.

»Da schiebt wohl schon wieder einer Panik«, murmelte Tobi.

»Was meinst du?« Sie folgte seinem Blick und entdeckte Sandro, der an einem Baum lehnte und sie ebenfalls im Visier hatte. »Oh.«

»Ich sollte mal mit dem reden«, sagte er ernst.

Cleo erhob sich und wies mit dem Kinn auf Tobis Schoß. »Geht's wieder?«

»Scheint so.« Er zwinkerte ihr zu und stand ebenfalls auf.

Hand in Hand spazierten sie zu den anderen. Kurz bevor sie das Feuer erreichten, presste Tobi ihr einen raschen Kuss auf die Lippen. »Bin gleich wieder bei dir.«

»Na klar.« Sie drückte seine Hand kurz, dann ließ sie ihn gehen.

Möglichst lässig schlenderte Tobi auf Sandro zu, der ihn aus zusammengekniffenen Augen beobachtete.

»Hey.«

Sandros Blick zuckte nervös. »Hey«, erwiderte er.

Tobi schob seine Hände in die Hosentaschen. »Alles klar?«

»Was willst du?«

»Fragen, wie's dir geht. Wir haben gar nicht mehr miteinander gesprochen, seit ... du weißt schon.«

»Wozu auch?«

Ein Seufzen entwich Tobis Brust. »Hör zu, du kannst aufhören, mich als deinen Feind zu sehen.«

Sandro schielte zum Lagerfeuer: »Du und die Puppe da, das ist jetzt offiziell, ja?«

»Ja.«

»Hm.« Er schob mit dem Fuß ein paar Tannenzapfen hin und her.

»Du kannst dich trotzdem entspannen«, beantwortete Tobi die ungestellte Frage. »Auch wenn es nicht richtig ist: Ich hab dir mein Wort gegeben, nix zu sagen, und ich halte mich auch ohne Druckmittel an meine Versprechen.«

Sandro hob den Blick, sagte aber nichts.

»Mir ist auch klar, dass man Gewohnheiten nicht so einfach abschütteln kann. Ich meine«, er lachte leise, »ich wäre mehr als einmal am liebsten zu dir rüber gekommen, um dir was abzukaufen.«

Sandros Augenbrauen schnellten überrascht in die Höhe. »Du? Ich dachte, du rauchst nicht und bist so'n Saubermann. Hast doch auch am ersten Tag abgelehnt.«

Tobi zuckte mit den Achseln. »Ich hatte mir einfach vorgenommen, die Zeit hier zu nutzen.«

»Einfach!« Sandro spie ihm das Wort vor die Füße. »Das ist vielleicht einfach, wenn man nicht so tief in der ganzen Scheiße drin steckt.«

»Kann sein«, gab er zu. »Aber so wie ich das Team hier kennengelernt hab, bin ich sicher, dass die für jeden eine Lösung finden.«

»Die wollten mir 'ne Lehre aufquatschen. Ich hab sogar mit René eine Testbewerbung geschrieben. Aber jetzt mal ehrlich: Wie soll das gehen?«

Anstatt zu antworten, wartete Tobi einfach ab. Das hatte er sich bei Rapha abgeschaut.

»Ernsthaft«, nahm Sandro den Faden nach kurzer Zeit wieder auf, »von den paar Kröten kann ich nicht leben. Also muss ich weiter nebenher Zeug verchecken. Aber wenn ich dazu auch noch nen Job machen muss, kann ich mich nicht richtig ums Geschäft kümmern. Ich kann nicht zwei Sachen so halb machen. Dann läuft keins von beidem richtig.«

Tobi verstand seine Logik, hatte dafür aber keine Lösung parat. »Hast du denen das gesagt?«

»Bist du bescheuert?«, zischte er. »Und dann hetzen die mir die Bullen auf den Hals? Nee, lass mal stecken.« Er stieß geräuschvoll die Luft aus. »Tobi, ich schätze, du bist'n korrekter Typ. Freu dich über deine Puppe und deine neue Perspektive. Aber für mich is' der Zug abgefahren.«

Tobi erkannte deutlich, wie sich Sandros Miene verschloss. Das Gespräch war beendet. »Tu mir bitte einen Gefallen«, wagte er dennoch einen letzten Versuch. »Brich den Kontakt zu René und den anderen nicht ab. Ich garantiere dir, die sind alle total korrekt und wollen dir nix Böses.«

»Mal sehen.« Damit stieß Sandro sich vom Baum ab und wanderte Richtung See davon.

Schweigend blickte Tobi ihm nach. Er sah aus, als läge das Gewicht einer ganzen Welt auf seinen Schultern. Raphaels Worte vom Vormittag fielen ihm wieder ein: *Auf diesem Trip haben wir keine wirklich harten Fälle dabei.* Was mochte ihn in dem Job alles erwarten, wenn das hier ihm schon das Herz schwer werden ließ? Doch dann dachte er daran, wie Raphael gesagt hatte, er ziehe Kraft aus seiner Familie. Tobi blickte hinüber zum Feuer, wo Cleo lachend mit den Betreuern zusammenstand. Ob aus ihnen etwas Langfristiges werden konnte, würde die Zeit zeigen. Doch in einem war er sich nach den vergangenen zwei Wochen sicher: Mit ihr an seiner Seite würde es ihm niemals an einer Schulter zum Anlehnen und einem Ohr zum Zuhören mangeln!

»Das war ein wunderschöner Abend mit dir!« Tobi zog Cleo dichter an sich. Sie hatten sich auf einer der Isomatten zu zweit in einen Schlafsack gekuschelt und beobachteten die Sonne, die rot glühend über dem Horizont schwebte.

»Ja«, hauchte sie. »Ich fühl mich so wohl bei dir.«

Tobis Herz wurde ganz warm vor Glück. Liebevoll umfasste er ihr Gesicht und küsste sie.

»Ich könnte dich Tag und Nacht nur küssen«, flüsterte er gegen ihre Lippen.

»Ich hab nix dagegen einzuwenden.« Sie grinste. »Obwohl ... in Berlin, wenn wir nicht mehr von Kindern und Kollegen umgeben sind, darf es gerne mehr als küssen sein.«

»Darauf kannst du dich verlassen«, brummte er und allein der Gedanke daran ließ seinen Puls ansteigen. »Du glaubst gar nicht, wie scharf ich auf dich bin.« Einen Moment presste er sie fest an sich, um seiner aufkommenden Lust nachzuspüren. Dann rückte er wieder ein Stück von ihr ab. »Aber es ist so viel mehr als das«, ergänzte er ernst. »Diese zwei Wochen ... Es kommt mir vor, als würde ich dich besser kennen als irgendwen sonst. Als wäre die schönste Frau der Welt meine engste Vertraute und nun auch noch meine Geliebte. Alles auf einmal ... ich kann das gar nicht richtig beschreiben.«

Zärtlich streichelte sie über seine Wange. »Ich weiß, was du meinst. Mir geht's genauso.«

Tobi seufzte zufrieden und schlang beide Arme um ihre Mitte. »Ich lass dich nie mehr los.«

Schweigend lagen sie da und lauschten. Es war still geworden um sie herum. Während die Kinder längst tief und fest schliefen, blickten einige der Älteren andächtig in den Himmel.

Nach dem Essen hatten sie gemeinsam Marshmallows über dem Feuer geröstet, Musik gehört und ein paar Spiele gespielt. Es war geradezu idyllisch gewesen. Eine magische Nacht, wie Raphael gesagt hatte, in der alle Anwesenden ihre Probleme, ihre Wut und ihre Ängste beiseitegeschoben hatten. Doch schließlich hatte sich einer nach dem anderen zurückgezogen und in einen Schlafsack gehüllt. Im goldenen

Schein der Mitternachtssonne wurden sie ruhig und erlaubten ihren Gedanken, lauter zu werden.

»Wie spät ist es?«, fragte Cleo gähnend.

Vorsichtig zog Tobi seinen Arm aus dem Schlafsack und sah auf die Uhr. »Kurz nach halb zwei«, flüsterte er.

Sie kuschelte sich enger an ihn und schloss die Augen.

Zärtlich küsste er sie auf die Stirn. »Träum was Süßes.«

Ehe auch seine Lider zufielen, schaute er zu Raphael, der noch am Feuer saß und beobachtete, wie die Flammen allmählich kleiner wurden. Als ihre Blicke sich trafen, lächelte er den Betreuer dankbar an. Der nickte ihm zu.

Dann ließ auch Tobi sich von der Müdigkeit einhüllen. Mit Cleos warmem, zartem Körper in den Armen und der zuversichtlichen Vorfreude auf die Zukunft schlief er ein. Glücklich bis in den kleinen Zeh.

Epilog

»God midtsommer«, sagte Cleo und erhob ihr Sektglas.

»God midtsommer«, wiederholte Tobi. Er stieß sein Glas feierlich gegen ihres. Der Gruß zur Sommersonnenwende war einer der wenigen Brocken Norwegisch, die er sich von ihrer Reise gemerkt hatte. »Und alles Liebe zum Jahrestag«, fügte er mit einem zärtlichen Lächeln hinzu.

Sie saßen auf der gemütlich gepolsterten Bank auf ihrem Balkon und blickten über die Dächer Berlins, wo allmählich die Sonne unterging.

Cleo rückte näher und küsste ihn. »Das wünsch ich dir auch!«

»Wahnsinn, wie schnell das Jahr vergangen ist.«

Sie lachte. »Du klingst ja wie ein alter Mann.«

Er stellte sein Glas auf den kleinen Tisch, dann zog er sie auf seinen Schoß. »Noch nicht, aber mit dir will ich alt werden.«

»Du hoffnungsloser Romantiker!« Rasch stellte auch sie ihr Glas beiseite. »Was hab ich mir da bloß angelacht?« Grinsend umfasste sie seinen Nacken und legte ihre Lippen auf seine.

»Tja, jetzt musste mich behalten«, stellte er fest, als sie sich wieder von ihm gelöst hatte. »Die Umtauschfrist ist soeben abgelaufen.«

Hinter ihnen lag das wohl aufregendste Jahr in Tobis bisherigem Leben. Als der Reisebus seine Mitfah-
rer am Sammelplatz in Berlin ausgespuckt hatte, war
Tobi direkt mit zu Cleo gegangen, wo sie ganze zwei
Tage in trauter Zweisamkeit verbracht hatten, ohne
irgendeinen Kontakt zur Außenwelt an sich heranzulassen. Seinen Eltern hatte er nur kurz eine Nachricht
geschrieben, dass er noch bei einem Nachbereitungs-
treffen sei und dann das Handy ausgeschaltet.

Als er schließlich doch daheim aufschlug, wurde er
sofort mit Fragen gelöchert: Wo er wirklich gewesen
sei, ob er etwa wieder mit seinen Kumpels herumge-
hangen habe und ob ihn denn all der Aufwand mit
dem Camp noch immer nicht zur Vernunft gebracht
hätte. Tobi ließ es unkommentiert und zog sich zurück.

Wie Rapha ihm geraten hatte, nahm er sich Zeit,
das Erlebte sacken zu lassen, um mit klarem Kopf
eine Entscheidung zu treffen. Zwei Wochen später
unterzeichnete er den Ausbildungsvertrag bei Raphael im Büro und schrieb sich kurz darauf für den Stu-
diengang Soziale Arbeit ein.

Sein Vater hatte an der Entscheidung zu knabbern,
sah aber schließlich ein, dass es seinen Sohn offenbar
zufrieden machte. Seine Mutter hingegen hatte deutlich mehr Mühe zu verdauen, dass Tobi einige Wochen später nach einem Wochenende bei seiner neuen
Freundin plötzlich mit Dreadlocks nach Hause kam.

Hippie und *Freak* nannte sie ihn, doch er nahm es gelassen. Wenn er in Norwegen eines gelernt hatte, dann, dass er sich nicht mehr von anderen einreden ließ, wie er zu leben hatte.

Die Jungs aus dem Park hatte er nur noch einmal gesehen, als er Hand in Hand mit Cleo an einem ihrer Gelage vorbeispazierte. Kurz war er zusammengezuckt und hatte Sorge, er könnte sich wieder von ihnen anziehen lassen. Doch als er an der Clique vorbeiging und grüßte, spürte er deutlich, dass auch dieser Teil seines Lebens der Vergangenheit angehörte.

»Vor einem Jahr haben wir auf diesen traumhaften See geblickt«, holte Cleo ihn aus seinen Erinnerungen. »Aber weißt du was? Die Aussicht hier finde ich noch viel schöner. Weil es nämlich unsere Aussicht ist. Unser Zuhause.«

»Du hast recht.« Er lehnte seinen Kopf an sie und blickte über die Stadt. »Unser kleines Nest.«

Kurz nachdem er sein duales Studium begonnen hatte und er aufgrund der Entfernung zur Uni ohnehin fast täglich bei Cleo in der Wohnung gewesen war, hatte sie ihn eingeladen, bei ihm einzuziehen. »Ich weiß, das geht recht schnell. Aber ist es nicht so, als würden wir uns schon unser halbes Leben lang kennen?«, hatte sie ihn unsicher gefragt und er hatte ohne zu überlegen zugestimmt. Es war Zeit, aus dem Haus der Eltern auszuziehen und damit den Beginn seines neuen Lebens zu vollenden.

»Weißt du, dass ich davon am ersten Tag unseres Kennenlernens geträumt habe?« Cleo sah ihn nicht an, sondern schien ihren Blick in die Vergangenheit gerichtet zu haben.

»Wovon?«

»Dass wir zusammenleben. Im Bus nach der Fähre hatte ich 'nen Traum, in dem wir eine gemeinsame Wohnung hatten.« Sie wandte sich ihm wieder zu. »Wahrscheinlich hatte ich mich dort schon in dich verliebt.«

»Und das, obwohl ich zu dem Zeitpunkt ein einziger Haufen Probleme war?«, fragte er ungläubig. »Ich hatte nix Brauchbares zu bieten!«

Cleos Blick glitt zärtlich über sein Gesicht. »Du hattest von Anfang an das Allerbeste zu bieten. Dein wundervolles Wesen. Ich liebe dich.«

Tobi zog sie zu sich heran und küsste sanft ihren Hals. »Ich liebe dich auch. Ich liebe dich so sehr, mein zuckersüßer Cupcake!«

ENDE

Nachwort

Lust auf ein Wiedersehen mit Tobi und Cleo?

Romanfiguren wachsen mir oft ebenso ans Herz wie echte Menschen. Bei Tobi und Cleo war dies ganz besonders der Fall (wen wundert's, dass ich mich inzwischen sogar von Cleos Frisur habe inspirieren lassen?). Sie tauchten erstmals als Nebenfiguren in meinem Liebesroman »Wings of Love« auf und mir wurde bald klar, dass die Geschichte dieses liebevollen Pärchens unbedingt erzählt werden muss.

Wenn du »Wings of Love« also noch nicht gelesen hast, freue dich auf ein Wiedersehen mit den beiden, bei dem du erfährst, was sie einige Jahre nach ihrer Norwegenreise in einer neuen Nachbarschaft erleben.

Schmökere doch einfach in der Leseprobe auf den folgenden Seiten!

Und falls du den Roman bereits kennst, sei gespannt auf mein nächstes Projekt. Gut möglich, dass Cleo dort auch ab und zu vorbeischaut ...

Doch zuvor lass mich noch kurz Danke sagen:

Mein herzlicher Dank

... geht wie immer an dich!

Ohne die wundervollen Leserinnen und Leser sowie die engagierten Bloggerinnen und Blogger wäre es nicht halb so schön, Geschichten zum Leben zu erwecken.

Über all die herzlichen Rückmeldungen in Form von Rezensionen, Emails und Nachrichten in den sozialen Medien freue ich mich immer wieder unbändig!

Du findest mich unter anderem hier:
Facebook:
https://www.facebook.com/tamaraleonhard.autorin
Instagram:
https://www.instagram.com/tamara.leonhard
Oder schreib mir eine Email:
tamara@tamaraleonhard.de

Außerdem gilt mein Dank allen, die mich während der Entstehung dieses Buches ertragen und unterstützt haben, insbesondere meinem Mann und meinen Eltern, aber ganz besonders auch meiner wunderbaren Kollegin Isabella Lovegood!

Dies ist das erste Buchprojekt, das gemeinsam mit einer Autorenkollegin entstanden ist und ich kann nur sagen: Isabella, es war mir ein Fest!

Der Austausch mit dir, das gemeinsame Entwickeln und Planen von Ideen, Cover, Klappentext und, und, und hat mir unfassbaren Spaß bereitet. Die

Zusammenarbeit mit dir war mir Freude und Ehre zugleich!

♥

Last but not least mein riesengroßer Dank an meine bezaubernden Testleserinnen Kerstin Monzel sowie Silke und Vanessa Darmanović, die die Geschichte wieder mit vollem Einsatz mitgestaltet haben. Ich bin so froh, euch an meiner Seite zu haben. Ich schulde euch mehr als nur einen Cupcake!

Leseprobe

»Wings of Love«

Kapitel 1

»Geschafft! Das war die letzte Kiste.« Mit ausgebreiteten Armen ließ sich Nina rückwärts auf das Bett plumpsen, das quer im Raum stand. Noch im Fall sah sie, wie ihr neuer Nachbar Jan ins Zimmer kam und erschrocken die Hand hochriss.

»Nicht!«, rief er, aber da war es bereits zu spät.

Mit einem lauten Rums krachte das Bett unter ihr zusammen. Nina schrie auf und warf schützend die Arme über sich, doch im selben Moment, als sie mitsamt der Matratze auf dem Boden aufkam, knallten schon die Stangen des Kopfendes gegen ihre Stirn. Für den Bruchteil einer Sekunde wurde alles schwarz, ehe sich herumtanzende Lichter allmählich wieder zu einem Bild ihres neuen WG-Zimmers zusammensetzten.

»Nina!« Ihre Schwester Leah stürzte zu ihr, während Jan rasch das Gestänge von ihr herunterhob.

»Aua«, jammerte sie und fasste sich an die pochende Stirn.

»Geht's dir gut?«, fragte Leah besorgt.

»Wunderbar. Das mach ich jetzt öfters.« In ihrem ganzen Kopf hämmerte es wie auf einem Heavy Metal Konzert.

»Na, immerhin hast du deinen Humor nicht verloren.« Jan hielt ihr schmunzelnd die Hand hin und zog sie hoch.

»Huch!« Nina taumelte kurz, doch schon lag seine andere Hand auf ihrer Hüfte und gab ihr Halt. Sie blinzelte ihn an. Sein Gesicht war nur eine Handbreit von ihrem entfernt. Sie erkannte sogar den feinen Staubfilm, der auf den Gläsern seiner schwarzen Brille lag. »Danke, es geht wieder.«

Sofort ließ er sie los. »Gut.« Er strich sich mit der Hand über den akkurat gestutzten hellbraunen Bart und grinste schief.

»Zeig mal her.« Tobi, den Nina seit heute ebenfalls zu ihren Nachbarn zählte, schob sich entschlossen dazwischen und begutachtete ihre Stirn. »Is' nich' aufgeplatzt. Aber ich würde es kühlen, bevor 'ne fette Beule draus wird. Leah, hast du Eiswürfel da?«

»Nee.«

»Hm.« Nachdenklich wickelte Tobi sich eine seiner blonden Dreadlocks um den Zeigefinger. »Und Tiefkühlgemüse?«

Ninas Schwester zog die Stirn kraus. »Ich glaube, da ist noch eine Packung Erbsen im Eisfach.«

»Sollte auch funktionieren.«

»Ich leg mir keine Erbsen auf den Kopf«, protestierte Nina. Doch da wurde sie bereits von Tobis Freundin Cleo aus dem Zimmer geschoben.

»Wer schön sein will, muss leiden. Oder willst du die nächsten Tage als Einhorn rumlaufen?«

»Und was ist jetzt mit meinem Bett?« Nina warf Jan und Tobi über die Schulter einen Blick zu.

»Das war erst provisorisch zusammengesteckt. Ich habe gerade die Schrauben aus dem Umzugswagen geholt.« Demonstrativ hielt Jan eine kleine Tüte in die Höhe.

»Aber die Matratze lag schon drauf!« Nina befreite sich aus Cleos Griff und drehte sich zu den beiden Jungs um.

»Ehm, die hab ich drauf gelegt«, meldete sich ihre Schwester kleinlaut zu Wort. »Sorry, ich wusste nicht, dass ihr noch nicht fertig seid.«

»Bei einem so chaotischen Umzug können wir froh sein, dass es nicht noch mehr Verletzte gibt.« Jan schüttelte lachend den Kopf. »Und jetzt los, ihr kühlt die Beule und Tobi und ich bauen das Bett vernünftig zusammen!«

»Danke.« Nina ließ sich von Leah und Cleo in die schmale Küche bringen. Wenig später saß sie zwischen aufeinandergestapelten Kisten am Tisch und presste sich eine eiskalte Packung Erbsen gegen die Stirn.

»Tut's noch sehr weh?«, fragte Cleo mitfühlend.

»Nee, geht schon.«

»Es tut mir wirklich leid«, beteuerte Leah nochmals.

»Schon okay. War ja keine Absicht. Du kannst aber als Wiedergutmachung Kaffee kochen.«

»Au ja, ein Kaffee wär jetzt genial. Die Jungs wollen sicher auch einen.«

Das ließ sich Leah nicht zweimal sagen. Sie war ebenso versessen auf Kaffee wie ihre Schwester und machte sich sofort ans Werk.

Nina drehte die Tüte mit den Erbsen in ihrer Hand, bis sie eine kältere Stelle gefunden hatte und blickte stumm zu Cleo. Sie wohnte zusammen mit Tobi in der Wohnung gegenüber. Wie ihr Freund trug auch sie lange Dreadlocks, von denen sie gerade eine dunkelrote, perlenverzierte Strähne zurück in den üppigen Knoten auf ihrem Kopf steckte.

»Hey, danke nochmal, dass ihr heute helft!«, sagte Nina unvermittelt. »Das ist nicht selbstverständlich.«

Als Leah ihr berichtet hatte, dass gleich drei ihrer Nachbarn sich bereiterklärten bei Ninas Einzug zu helfen, war ihr ein Stein vom Herzen gefallen. Nur ungern hätte sie ihre ehemaligen Arbeitskollegen eingespannt. Nachdem ihre engsten Freunde nach der Schule in alle möglichen Richtungen fortgezogen waren, hatte sie während der letzten Jahre hauptsächlich Zeit mit den Leuten aus dem Büro verbracht. Vielleicht konnte sie ihren Bekanntenkreis hier im Haus wieder ein wenig erweitern.

Ihrer urgemütlichen Dachgeschosswohnung mit Balkon trauerte Nina zwar hinterher, doch nun, da sie nach langem Zögern die Entscheidung getroffen hatte, ihren Bürojob an den Nagel zu hängen und mit sechsundzwanzig Jahren noch ein BWL-Studium zu beginnen, musste sie ein paar finanzielle Abstriche machen. Dass genau zu diesem Zeitpunkt das WG-Zimmer bei ihrer Schwester freigeworden war, war ein wahrer Glücksfall. Und immerhin lag die Wohnung im Stadtteil Friedrichsfelde nicht in einem der anonymen Wohnkomplexe, sondern in einem hübschen Altbau mit nur fünf Parteien.

»Ich würde als Dank für eure Hilfe gerne eine Runde Pizza oder so ausgeben«, schlug sie vor. »Aber nicht mehr heute Abend. Ich bin ehrlich gesagt echt fertig. Außerdem wollte ich die anderen aus dem Haus auch einladen. Was meint ihr? So zum besseren Kennenlernen?«

Cleo nickte. »Opa Karl auf jeden Fall. Dass die Pfeiffer kommt, wage ich allerdings zu bezweifeln. Die kapselt sich ziemlich ab.«

»Warum?«

»Keine Ahnung. Man sieht sie immer nur aus dem Haus eilen oder heimkommen.«

Leah wandte sich von der Kaffeemaschine wieder in ihre Richtung. »Ich glaube, die stürzt sich nur in ihre Arbeit und hat keine Zeit für ein Privatleben. Oder kein Interesse an Nachbarschaftspflege.«

Cleo zuckte mit den Schultern. »Was weiß ich. Ist mir auch egal. Mit allen anderen im Haus macht es jedenfalls mega viel Spaß!«

Nina legte die allmählich auftauenden Erbsen auf den Tisch und trocknete die Stirn mit ihrem Ärmel ab. »Naja, einladen kann ich sie ja anstandshalber trotzdem.« Obwohl es vielleicht besser war, wenn sie nicht zu viele Leute waren. »Ich frage mich bloß, wie wir alle hier in der Wohnung an einen Tisch passen sollen?«

»Gar nicht!« Leah schüttelte lachend den Kopf und ihre zum Pferdeschwanz gebundenen blonden Locken hüpften dabei fröhlich auf und ab.

Instinktiv strich Nina sich über ihr eigenes glattes und viel zu dünnes Haar, das sie neuerdings als Bob trug, weil sie sonst nichts damit anzufangen wusste. Seit jeher hatte sie ihre jüngere Schwester um die üppige Mähne und ihre schönen Kurven beneidet, die sie von Mama geerbt hatte. Selbst kam sie mit ihrem schmalen Körperbau deutlich mehr nach Papa. Da war nichts zu machen.

»Wir können den Heizpilz im Hof anmachen«, schlug Cleo vor.

»Ist das denn warm genug?« Der Februar war in diesem Jahr besonders eisig und Nina konnte sich beim besten Willen nicht vorstellen, draußen zu essen.

Doch Leah nickte eifrig. »Das haben wir schon ein paar Mal gemacht. Das Ding heizt richtig gut. Und deinen Einstand musst du unbedingt im Hof feiern, der ist das Beste am ganzen Haus.«

Da hatte sie natürlich recht. Die idyllische Oase, die sich die Bewohner mit der überdachten Sitzecke im Innenhof geschaffen hatten, war ein echtes Highlight. Mit den vielen bunten Kissen und Lichterketten erinnerte sie fast ein wenig an das Zuhause einer Hippiekommune. Kein Wunder, stammte Opa Karl doch aus ebenjener Generation und auch Tobi und Cleo passten mit ihrem farbenfrohen Look ins Bild.

»Alles klar.« Nina erhob sich und holte fünf Tassen aus dem Schrank. »Dann also im Hof. Vielleicht klappt es ja ganz spontan morgen Abend.«

»Bei mir geht's auf jeden Fall. Im Moment hab ich sonntagabends frei«, sagte Cleo. »Tobi musst du nochmal fragen, ich bin mir mit seinem Schichtplan nicht sicher.«

»Okay.« Nina goss den Kaffee ein und seufzte leise. Sie hätte Tim doch fragen sollen, ob er beim Umzug hilft, dann hätte sie ihn jetzt zu dem Essen einladen können. Es wäre eine geschickte Gelegenheit gewesen, ihren Nachfolger aus dem Büro noch einmal außerhalb der Arbeit zu treffen. Er war ein echtes Sahneschnittchen und sie hätte ihn nur zu gerne auch privat besser kennengelernt. Doch wie immer hatte er sie bloß als Kumpel wahrgenommen. Die meisten

Männer mochten sie für ihren Humor und ihre Lockerheit, aber mit Talent zum Flirten hatte Nina noch nie geglänzt. Anstelle des koketten Augenaufschlags ihrer Schwester war ihr Markenzeichen ein nicht gerade damenhaftes Lachen.

♥

»Halt mal fest.« Jan reichte Tobi seinen Schraubenzieher und klemmte sich eine lange Schraube zwischen die Lippen, ehe er in dem Plastiktütchen nach der passenden Mutter suchte. Vergeblich. Wer auch immer die Einzelteile nach dem Auseinanderschrauben des Bettes zusammengepackt hatte, musste die Hälfte vergessen haben. Er öffnete eine blaue Kunststoffbox, in deren zahlreiche Fächer ordentlich die unterschiedlichsten Schrauben, Muttern, Unterlegscheiben, Dübel und vieles mehr einsortiert waren.

»Und, was denkste?«, fragte Tobi mit gesenkter Stimme. Jan hob den Kopf und sah ihn fragend an. »Na, über Nina«, ergänzte er.

Jan ließ die Schraube in die Hand fallen. »Die ist super! Ich hatte gleich ein gutes Gefühl, was ihren Einzug angeht. Und nach dem Tag heute bin ich mir sicher, dass das toll wird mit ihr. Auf jeden Fall tausend Mal besser als mit Alice.«

Leahs vorherige Mitbewohnerin hatte seiner Meinung nach nicht recht ins Haus gepasst. Alice war ein

Modepüppchen wie aus dem Bilderbuch. Zwar war auch Leah stets auf ihr Äußeres bedacht, doch war sie sich nicht zu fein, um mit anzupacken, und verstand im Gegensatz zu Alice Spaß. Das schien bei Nina nicht anders zu sein. Sie hatte dieselbe unkomplizierte Art an sich. Das war neben der Haarfarbe allerdings das Einzige, was Leah und sie auf den ersten Blick gemeinsam hatten. Kaum zu glauben, dass die beiden Schwestern waren! Nina war eine gutaussehende Frau, keine Frage. Doch im direkten Vergleich wirkte sie fast schon burschikos und ihre frechen Sprüche wären Leah niemals über die Lippen gekommen. Dazu war diese viel zu mädchenhaft und zart. Sie war der klassische Männertraum. Schlank, mit Kurven an den richtigen Stellen, das bildhübsche Gesicht umrahmt vom langen Haar. Dass sie immer wieder Pech mit den Kerlen hatte, konnte niemand recht verstehen. Tobi hatte Jan deshalb mehrfach vorgeschlagen, sie um ein Date zu bitten, doch er verneinte entschieden. Er mochte Leah. Als Nachbarin. Aber sie war ganze acht Jahre jünger und er bevorzugte Frauen, bei denen er nicht mit jeder Berührung befürchte, das Make-up oder die Frisur zu zerstören. Außerdem blieb er vorerst ohnehin lieber allein. Da konnte wenigstens niemand verletzt werden.

»Na, geht's wieder?«, fragte Tobi.

Jan blickte sich um. Nina kam mit Leah und Cleo zurück ins Zimmer und reichte ihnen beiden je eine Tasse mit dampfendem Kaffee.

»Danke!«, sagte Jan überrascht.

»Ja, die Erbsen sind aufgetaut und mein Gehirn tiefgekühlt«, beantwortete sie Tobis Frage und lachte unbeschwert. »Und wie weit seid ihr?«

Jan hielt die Tüte mit der spärlichen Sammlung an Schrauben in die Höhe. »Wir wären längst fertig, wenn ihr nicht das halbe Material liegengelassen hättet.«

»Ups. Ich glaube, das war ich«, gab Nina zu. »Ich wusste nicht, was alles dazugehört. Aber wie ich sehe, bist du perfekt ausgestattet.« Sie wies mit dem Kopf auf die Kiste vor ihm. Dann kniete sie sich neben ihn. »Sag mal«, begann sie, »hast du morgen Abend schon was vor?«

Jan musterte sie. Aus dieser Nähe bemerkte er zum ersten Mal das interessante Farbenspiel ihrer Augen. Sie waren so grün wie die einer Katze, hatten jedoch einen tiefblauen Rand und waren gespickt mit unzähligen weißen und braunen Sprenkeln.

Er räusperte sich. »Äh, nee, abends bin ich frei. So ab halb acht. Wieso?« Wollte sie sich etwa mit ihm treffen? Na, die verlor ja keine Zeit!

»Cool. Ich veranstalte ein kleines Dankes- und Kennenlernessen im Hof.«

»Ach so.« Er rückte seine Brille zurecht. »Ja. Sicher. Gern.«

Nina erhob sich und wandte sich an Tobi. »Passt das bei dir auch?«

»Klar! Essen ist immer gut«, rief er sofort.

»Perfekt.« Nina strahlte in die Runde. »Ich nehme mal an, Pizza ist okay.«

Jetzt den ganzen Roman lesen:

»Wings of Love« ist 2019 im Rebel Stories Verlag erschienen und als Taschenbuch und Ebook erhältlich.

Weitere Informationen:

https://tamaraleonhard.de/wings-of-love

****

Impressum:

Herausgeber und Inhaber aller Rechte: Ingrid Fuchs

ES-07689 Cales de Mallorca, Carrer na Guardis 3

www.isabella-lovegood.at

E-Mail: info @ isabella-lovegood.at

ESY 4947348Q

Printed in Poland
by Amazon Fulfillment
Poland Sp. z o.o., Wrocław

50058172R00164